お二階のひとⅡ

柴山芳隆

YOSHITAKA SHIBAYAMA

お二階のひと II ● 目次

カバー・扉絵　原田　拓

お二階のひと

Ⅱ

第一章　県都へ

わたしが生まれたのは、昭和一九年（一九四四）三月で、両親と二歳年上の兄に加わって四人家族となりました。わたしの出生地は秋田市ですが、本籍地は父の出身地である秋田県北部の山間の町になっています。

生後三ヵ月の折、周囲から勧められるまま、母は半ば義務的にわたしを健康優良児のコンテストに出したそうです。審査員の医師がひと目見て、これはすばらしい、と口にしましたがすぐ、なぁんだ、女か、と苦笑したそうです。わたしは〝戦中派〟そのものであったのです。

生後一年で、教職にあった父の転勤にともなって県北に転居しました。母親もやはりそちらの生まれという事情もはたらいて、わたしが中学二年生を終えるまで一家はずっと県の北部地域で過ごしました。

どういうわけかわたしは幼いころから駆けっこが速く、運動会ではいつも一等になっていました。

小学校に入った年だったと記憶していますが、たまたま父がそこの校長をしていたので、賞状は父からもらいました。その折、父が、おしっこは大丈夫か？　と言いながら賞状を手渡し、それが周囲にも聞こえたらしくてドッと笑いが起こりました。わたしは恥ずかしさで顔がとても火照ったのを覚えています。

中学校に進んだ後も、別に陸上競技部などに所属していたわけではありませんが、担任の先生に勧められて郡大会に出場したら一〇〇メートル走で優勝してしまいました。その大会は県大会につながっており、わたしは県都・秋田市にある八橋(やばせ)競技場で走ることになりました。中学生のみならず、陸上競技に取り組んでいる人にとっては憧れの場所です。

八〇メートルくらいまで先頭をキープしていたわたしは、このままいったら一等間違いなしと気づいて急に戸惑いを覚えました。優勝者は当然最初に賞状をもらうことになるのでしょうが、わたしには何故かそれが怖かったのです。もちろん父から貰うわけではありませんのでその点の心配はなかったのですが、一番最初だと要領が分からないので何か失敗をしでかさないともかぎりません。県都で恥ずかしい思いをするのは嫌な気がしました。わたしはさりげなくスピードを落として首尾よく二着に入り、優勝者の動作を見習って無事に賞状を受け取ることができました。

走るのが嫌いであったわけではありませんが、わたしは授業では音楽が一番好きでした。担当の小川春子先生がさまざまな唱歌や抒情歌をたくさん聴かせ、うたわせてくださった影響が大きいと思います。合唱部がありませんでしたのでコンクールに出場といったような晴れがましいことはありませんでしたが、わたしは学校で習い覚えた歌を家の中でしょっちゅう大きな声でうたい、ひとり楽しんでいたものでした。

わたしが中学校の二年を終えたところで、父が秋田市に転勤になりました。父が、わたしの兄の進学に合わせて県都を希望したらしいのです。長男を秋田第一高校に進ませたかったのでした。

家族全員が移住して、わたしは秋田城北中学校の三年に編入学しました。年齢は二つ違うものの、わたしが早生まれの関係で学年は一つしか異ならない兄は無事秋田一高の一年生になりました。

三年次の一年間しか過ごさなかった秋田城北中学校ですが、忘れられない思い出が一つだけあります。

当時は給食がなく、弁当持参が原則でした。たまたまその日は母が朝から高熱を出して弁当をつくることができず、父が兄とわたしにお金を渡して、昼食は購買でパンを買って済ますよう指示しました。普段はカバンと弁当袋を持って通学し、自分の机に着くと弁当袋は机の脇のフックにかけておくのが習わしです。

それまで購買を利用した経験がないわたしは、二時間目の後の休み時間に購買の場所だけは確認しましたが、昼休みにそこでパンを買うという行動に出るのが何となく気後れがして、今日は昼食抜きでもいいかなとぼんやり思案していました。

「今日は弁当持ってこなかったのか？」

三時間目の授業が終わったところで不意に男子生徒が声をかけてきました。

「ええ……」

わたしはあいまいに応えていました。わたしの机の脇に視線が向かっていますから、弁当袋がないことに気づいてそのような声がけをしたのでしょう。男の子に常時見られているように感じて、わたしは少なからぬ緊張といくばくかの怖さを感じました。というのも、その男子は、クラスでは乱暴者として嫌われている大柄な生徒で、先生方に普段から目をつけられているらしい雰囲気はわたしもうすうす感じ取っていたからです。

「オレもパンだから、次の時間が終わったら一緒に買ってきてやるよ。購買はすごく混むんだ。パン代を今からオレに渡しておきな」

そう言いながら相手が片手を伸ばしてきました。言われてみれば、その生徒の昼休みは、教室の後ろで他のクラスの仲間数人とおしゃべりしながらパンをかじっているのが常でした。

つかの間、わたしはためらいました。お金をだまし取られるのではないかとの懸念が過ったのです。しかし、わたしはすぐ、父からもらってきたコインを小さな財布から出して、眼の前の男の子に渡しました。相手の申し出を拒絶することによって生じるかもしれない危険のようなものを察知した結果でした。

「オレと同じメロンパンにしてきたからな」

四時間目、つまり午前中の最後の授業が終わると同時に教室を飛び出していった同級生は、多少息を切らしながら美味しそうなパンをわたしに手渡しました。

「どうもありがとう」

「パンが必要な時はいつでもオレに言ってくれ」

「ありがとう」

わたしは感謝の言葉を二度述べましたが、そのあと卒業までパンを依頼しなければならない場面はなく、その男の子とは朝のあいさつ程度しか言葉を交わす機会がありませんでした。乱暴者と言われていながらわたしにはとても親切であったその同級生は高校には進まず、就職のため上京したらしいとの噂を残して級友の前から完全に姿を消しました。

中学校卒業後のわたしの進路については家族内で意見が分かれました。母と兄は秋田第一高校を勧め、父は秋田女子高校にこだわりました。〈一高〉の愛称で県民に親しまれている秋田第一は旧制の秋田中学の伝統を受け継ぎ、全国でも四番目に古い名門校です。もともとは男子だけの学校でしたが、戦後数年を経て女性にも門戸を開くようになり、わたしが高校受験するころは、一学年約五〇〇人のうち三〇人程度が女生徒という構成になっていました。

他方、〈秋女(あきじょ)〉の秋田女子高は、一高ほど古くはありませんが、長く秋田県の女子教育の中心を担ってきた秋田高等女学校の歴史を受け継ぐ伝統校です。こちらも一学年約五〇〇人で、言うまでもなく生徒は女性だけです。

中学校の学級担任はPTAの折に、一高でも秋女でも学力的には問題ないと母に告げたそうです。ただ、母の印象では、担任の先生は、どちらかと言えば一高の方をという口ぶりであったそうで、進学実績という点で考えるとそちらが正解と担任教師は判断したのだろうというのが、母の報告を聞いた父の解説でした。

現に一高の生徒である兄は、自分の通っている学校を積極的に推しました。校風が自由で生徒は皆伸び伸びと高校生活を送っているし、毎日の授業が充実しているほか、時折、著名な先輩の講演会などもあって楽しいと付け加えました。つい最近も、〝メダカ博士〟の愛称をもつ大学教授のお話を聴いて感激したのだそうです。メダカ博士といってもメダカそのものを調査研究するのではなく、メダカを用いて遺伝の研究をするのだそうで、その世界では国際的に有名な先生なのだそうです。メダカは世代交代が速いので遺伝の研究には最適らしいのだと兄は補ってくれました。

ＰＴＡでの担任の見解や現役の一高生である息子の話を聞いて母の気持ちは一高の方に傾いているような印象でしたが、父は絶対反対でした。ほとんどが男子の学校に女の子が好んで行く必要はない。女性だけの学校で楽しく過ごせればそれで充分だし、それが女の幸せにつながるのだというのがその主旨です。

家族の意見が分かれるなかで、最終判断はわたしにまかされました。わたしは、少し迷いながらも秋女高を選択しました。兄が語る一高の自由な校風にも魅力を感じましたが、秋女に決めた最大の理由は制服です。当時はどこの高校も女子生徒はセーラー服が一般的で、一高も例外ではありませんでした。そのなかにあって、秋女だけはスーツ型、色も茄子紺で秋女高の生徒はわたしの目にはすべからく大人の女性に見えたのです。わたしはその制服を着て街を歩いてみたかったのです。

そうしたわたしの気持ちを家族が最優先してくれて、昭和三四年（一九五九）、わたしは秋田女子高校の一年生になりました。

わたしの卒業した城北中学校は秋田市内でも有数の大規模校なので、秋田女子高への進学者も七〇人は超えていたかと思います。顔馴染みが何人もいてそういう意味では淋しくなかったのですが、城北中に一年間しか在籍しなかったわたしには、特別親しい友人はいませんでした。気心の知れたお友達は皆県北の高校に進学してしまったのです。

もっとも、そういう状況は兄の方がより深刻であったかと想像されます。兄は、田舎の中学校を卒業すると同時に秋田第一高校に入学しました。その中学校から一高に進学したのは兄一人だけです。秋田市内の大規模中学校を卒業してきた生徒たちには中学以来の友人が少なくないようでしたし、中学校は別でも小学校の時分に同級生であったという関係の人たちもいるようでした。意識的に疎外されていたわけではありませんが、入学してもしばらく、兄には高校での新たな友人ができなかった様子です。

エピソードが一つあります。夏休みと冬休みのちょうど中間のある日、兄がいつもどおりに学校に行ってみると、生徒はおろか先生の姿も見当たりません。やむなくそのまま自宅に引き返しましたが、翌日登校すると、前日は開校記念日で休みであった事実をクラスメイトの会話などを通して初めて知りました。兄も呑気と言えば呑気ですが、開校記念日を生徒に周知しなかったらしい学校側にも問題なしとはしないようにわたしには思われました。それが一高の校風であるらしいと気づいたのは、翌年、わたしが秋田女子高に進学してからです。万事おおらかな一高に比べ、秋女の教育は丁寧で行き届いていたのです。

もちろん、秋田女子高の開校記念日については入学早々と、当日の前の日に担任教師からきちんと説明がありました。

兄と同様、入学時にどこか気後れを感じるところのあったわたしは、いわゆる部活動には参加しませんでした。授業にはいつも真面目に取り組みましたが、授業や掃除当番が終わると真っ直ぐに帰宅し、家で読書したり母のお手伝いをしたりして過ごしました。テレビは贅沢品でまだわが家にはありませんでした。

自宅と学校を往復するだけのわたしにはなかなか新しい友達ができませんでしたが、入学三ヵ月後くらいから、一人の級友とこころを許して話し合えるようになっていきました。当時、わが家は秋田市でも西の端に位置する地域にあり、わたし達兄妹は路面電車で通学していたのですが、佐野智子さんというそのクラスメイトも同じ時刻に同じ電車を利用していたのです。最初はあいさつ程度でしたが、そのうち勉強や家庭環境などについても話し合っていくようになりました。彼女のお父さんが市内では小規模な中学校の先生で、四歳年上のお兄さんがおり、おばあちゃんが同居している点を除けばわが家の家庭環境と共通するところの多いのが親交が深まっていった要因になったかと思います。

ただ、智子さんは入学当初から英語部に所属し、部活動にも熱心に取り組んでいるようでしたので、帰宅時に電車が同じになる機会はほとんどありませんでした。

彼女も最初はわたしを英語部に勧誘し、わたしの気持ちも揺れましたが、わたしは自宅での読書により関心がありましたので、結局英語部には入りませんでした。その当時わたしは倉田百三に興味を持ち、その理想主義的な作品をまとめて読み始めていたのです。ただ、佐野智子さんから彼女の所属する部活が関係する行事などに誘われるとそれにはできるだけ参加するようにしました。英語はわたしの好きな教科でもあったのです。

智子さんが最初に誘ってくれたのは、夏休み中に英語部が企画したドイツ人大学生との交流会でした。やはり夏季休暇中のドイツの男子大学生二人が日本一周を試み、その一環として秋田女子高を訪問する計画があるから参加してみないかと声をかけてくれたのです。うまくいけば、初対面のあいさつくらいは英語でできるかもしれないと付け加えました。外国の大学の男子二人がなぜ秋田の女子高校にやって来るのかわたしにはよく理解できず、智子さんも先輩たちの考えた企画であるという以外は確とした返答を持ち合わせていませんでした。

それでも、秋田で外国人を見かける機会は多くありませんし、相手方の年齢も比較的近そうです。何よりも、長期休暇中で時間はたっぷりありましたから、部外者のわたしは半ば物見遊山気分で学校に足を運びました。

会場の講堂には一〇〇人前後の秋女生が集まっていましたが、一画に一〇人ばかりの男子生徒が固まっていてびっくりしました。先輩たちが一高の英語部に声をかけたらしいの。わたしの怪訝そうな表情に気づいて智子さんがすぐに説明してくれました。一高生の中に毎朝同じ電車に乗り合わせる生徒が一人いるのに気づきましたが、あいさつも何もしたことがないので、どこの誰だかは分かりませんでした。

大勢の女子生徒の中の小さな男子の集団はドイツ人大学生の目にも奇妙に映ったのでしょう、会が始まるとすぐに、二人のうちの一人が一高生に向かって、君たちはどうしてここにいるの？　と英語で問いかけました。単語も発音もとても分かりやすくてわたしにもすぐに理解できました。イギリスやアメリカの人同士がしゃべり合う英語は馴れないと即座には聴き取れないものですが、ドイツ人にとっても英語は外国語なので、日本人が英語を話すときのような明解さがありました。

「We are invited（僕たちは招待されたのです）」

電車で乗り合わせる生徒の隣りに座っていた一高生がすっと立ち上がってそのように応え、ちょっと頬をあからめてすぐにまた着席しました。

わたしは、invite という単語や受身形の生の形に触れてある種の感慨を覚えていました。授業で習っているのでもちろん頭では充分に理解しているのですが、それが自分の目の前で実際に展開されたことに感動したのでした。

智子さんが、英語部との関係で次にわたしを誘ったのは一高の文化祭でした。もちろん秋女にも文化祭はあり、それは九月の最終の土日を利用して華やかに行われました。部活動をしていないわたしは、ただ美術部や華道部などの展示を見物し、合唱部や演劇部などの公演を鑑賞するだけでした。それでも充分に楽しめました。日曜日には母も訪れたのですが、家庭クラブの展示や実演には、さすがに良妻賢母を教育理念とする秋田女子高の伝統が息づいていると感心していました。

わたしの母は、県北の高等女学校を卒業したあと小学校の教員になりました。小学校ですからすべての教科を受け持ったのですが、専門は家庭科、中でも裁縫分野を中心に勉強したようです。同じ学校に勤務していた父と結ばれましたが、兄とわたしを産んだあと職場を離れて主婦業に専念するようになったのでした。

智子さんの属する英語部は、世界各地の新聞を展示していて興味深いものでした。自分たちの周りにある外国紙は数が限られるので、東京にある世界各国の大使館に依頼してその国の代表的な新聞を寄贈してもらったのだそうです。わたしは英語以外はまったく読めないので内容を理解できる新聞はほとんど無かったのですが、写真だけはごく一部にわが家で購読している新聞にも載っていたものがあって、親しさに似た感情を覚えました。

外国の新聞紹介という英語部の企画に智子さんもそれなりに満足していたようですが、

秋田第一の英語部は英語劇を披露するのでそれを見に行こうとわたしに声をかけてきました。一高の文化祭は秋女のちょうど一週間後でした。情報通の智子さんは、今年の演目はシェイクスピアの「ベニスの商人」であるというのもすでに把握していました。わたしが兄に確認すると、英語劇は英語部の伝統らしくて今年も継続されるようだと教えてくれましたが、演目までは知っていませんでした。部活動に参加していない兄は、一年生の去年は興味本位ですべての展示や出し物を見物したが、今年はとりたてて関心のあるものはないとも付け加えました。部に所属していない生徒は、文化祭期間中は暇なので、趣味のレコード鑑賞と読書で過ごすつもりのようでした。

わたしが秋田第一高校の校舎に入ったのは、この文化祭のときが初めてでした。一般客の入場口になっている生徒昇降口に足を踏み入れた瞬間、それまでに感じたことのない不思議な臭いがわたしの鼻を衝きました。何が原因なのかよく分かりません。二年後の移転、新築が公表されている古い校舎なのでそのせいかなとも思いましたが、秋田女子高の校舎も一高に劣らず古いのにこのような臭気はどこにもありません。秋女の校舎は古くても掃除が行き届いていますからそこが違うのかもしれないと漠然と想像したものの、わたしは、ここはもともと男性だけが利用してきた建物であり、今でも九五パーセントは男子生徒である事実に由来するのであろうということに気づきました。つまり、玄関を入るやいなやわたしを襲ったのは〝男の臭い〟と言ってよいのだとわたしは結論づけていました。

そうしたわたしの感想を佐野智子さんに小声で話すと、あら、そう、という反応が返ってきただけでそれ以上には進みませんでした。彼女は以前に何度か一高の校舎内に入った経験があり、わたしが感じた臭いなど最初からいささかも気にしたことなどない様子でした。

お目当ての英語劇は体育館で行われていました。よく見えるよう智子さんとわたしは舞台のすぐ前に腰を下ろしました。登場人物の衣装やメイキャップは入念なもので、背景も工夫されたものでした。しかし、場所が体育館なので後方では絶えず観客が出入りしており、話声も途切れることがなくて常にザワザワしています。時には子どもの甲高い声が混じったりもしました。そうした状況のため、演者の会話がきちんと聞こえてきません。何を言っているのかよく分からないのです。智子さんの洩らした、「もう少し狭い、講堂のようなところでやって、扉も閉鎖状態にしておけばいいのにね」というひと言はもっともなものだとわたしも思いました。

所作や仕草からある程度の筋運びは理解できるものの、肝心の会話がよく聞き取れないのでは劇としての興味は大幅に削がれてしまいます。わたしを含め、英語劇を見ることで多少は英語の勉強をしたいと期待していた者にとってはがっかりというのが正直な印象でした。そのせいもあるのでしょう、四〇分ほどの一幕全部を最初から最後まできちんと鑑賞した観客はあまりいなかったように見えました。

ただ、会場入口で手渡された英語部手作りのプリントには、演出、装置、衣装、音楽等のスタッフ七人と、主役のアントニオ以下九人の登場人物の氏名が列記されており、一高英語部の総力を挙げて公演に漕ぎつけたらしいことがよく分かりました。この中には、ドイツ人大学生が秋女高を訪れた折に姿を見せた一高の部員もそれなりに含まれているに違いないと想像されますが、舞台上の人物のメイキャップが行き届いていることもあって誰が誰なのかはわたしには見当がつきませんでした。

英語劇に引き続いた吹奏楽部の演奏に耳を傾けたあと、文化祭だけのために設けられた食堂で一高生のウェイターのぎこちないサービスを受けながら智子さんと一緒にうどんをすすり、昼過ぎからは文化各部の展示を観賞して夕方近くに帰宅しました。

「この、星野高志さんという生徒は、うちの親戚でないかしら」

わたしが持ち帰った何枚かのチラシやパンフレット類に目を通していた母が、英語部のプリントを手にしながら、たまたま側に胡坐(こざ)して写真週刊誌を眺めていた父に問いかけるように言いました。わたしが改めてそのプリントに視線を当てると、星野というのは主役のアントニオを演じていた生徒でした。

母は、現在は県の北部に位置する能代(のしろ)市に居住している自分の従姉の夫の姓が星野で、そこの長男がわたしの兄と同時に一高に入学したと聞いていると説明しました。

「そんな漠然とした情報だけでは断定はできんな。拓哉に確かめてみたら、もしかしたら多少詳しいことは分かるかもしれんが……」

父はわたしの兄の名前を挙げて助け舟を出しました。

しかし、わたしが二階にいた兄を呼んで来て事情を話しても、兄はその件については何も承知していませんでした。

「何となく、あの星野のような気がするんだけど」

母はまだ名残り惜しそうでしたが、他には情報めいたものは何もないので、その話はそれだけで終わってしまい、母は夕食の準備のために台所に立っていきました。

佐野智子さんは、冬休み直前に開催された全県の高校英語弁論大会にもわたしを誘ってくれました。秋女の三年生が出場するのでその応援だと補いました。

司会進行から五人の審査員紹介など、何から何まで英語で行われたその弁論大会では、残念ながら秋女生は二位にとどまり、優勝したのは一高の二年生でした。一高の生徒は襟に校章入りのバッジをつけていますが、その色は学年によって違います。優勝者はわたしの兄と同じ紫色のバッジでしたので二年生とすぐに判別できました。気をつけてみると、三年生用の薄緑色のバッジは一つも見当たりませんから、一高の三年生はこの大会には出場しなかったのでしょう。すでに文化祭も終わっているので、一高英語部の最上級生は引退して受験勉強に集中し始めているのだろうと想像されました。似たような状況が、運動部を中心に秋女高でも生まれているのはわたしも智子さんから聞かされていました。

弁論大会の最後は表彰式です。読み上げられた表彰状もすべて英語で、さすが英語の大会だと妙に感心しました。それ以上にびっくりしたのは、賞状とカップを受け取った生徒が、夏休み中、ドイツ人大学生からの問いかけに、We are invited と応じたその本人である偶然でした。読まれた表彰状からその人物は「モリサワヨシヒコ」という氏名であることが判りました。自席に戻ったモリサワさんは、両隣りの二年生と笑顔を交わしていましたが、左側の人物は朝に電車で乗り合わせる生徒でした。

智子さんと一緒にお汁粉屋に寄ってから帰宅したわたしは、先刻目にした一高生が何となく気になり、居間の小さな本棚にまだ差し込まれたままになっていた、一高の文化祭で演じられた「ベニスの商人」の紹介パンフレットを開いて見ました。そこに「杜沢吉彦」という名前があり、その生徒は「ベニスの侯爵」役で出演していたのでした。

夕食時にわたしは兄にそうしたいきさつを伝えてみましたが、兄は杜沢なる人物も知らないし、英語部の部員の中に親しい友達はいないとそっけなく応えて、自分の秋刀魚(さんま)に集中していました。

秋田女子高校の学年章は、一年が梅、二年が竹、三年が松です。わたしには竹の時期、つまり二年次の思い出がほとんどありません。わたしは、修学旅行に行けなかったことがその主な理由のように捉えています。

わたしが旅行に参加できなかったわけは単純です。盲腸（虫垂炎）の疑いで掛かりつけ医から止められたのです。出発の二ヵ月余り前から何となくお腹の具合がわるく、盲腸との診断が出ていました。ただ、今すぐ手術を必要とする程ではないということで薬で散らしながら日常生活を送っていました。ところが、念のために母にも付き添ってもらって修学旅行の話を出すと、一週間の多忙な日程ではその間に盲腸が破れてしまう危険性なしとはしないから、参加は取りやめた方がよいだろう、との助言を受けたのです。わたしはひどくがっかりしましたが、父が、医師の診断は重いものだから必ず従わねばならないと強調して許可しませんでした。当時、市内の中学校の校長をしていた父は、もしそういう事態が発生すると、引率者に多大の迷惑をかけることになるし、ひいては一緒に行った生徒たちにも影響が及びかねないものだとわたしを諭しました。短期間ながら教師経験のある母も父の見解を支持して、わたしは結局修学旅行には行かずじまいになったという次第でした。

その当時は、高校も大学も、入学試験に合格した人物の姓名と合格先を地元紙で洩れなく掲載しており、その時期になると、わたしの母はその欄を見るのを楽しみにしていました。母の言によれば、難しい大学ほど発表が後になるということでした。

順調にいけば、翌年三月にはわたしの兄の氏名もそこに載るはずでしたが、それはうまくいきませんでした。兄は仙台にあるT大の工学部を受けたものの合格点を獲得できませんでしたので、そのまま仙台で浪人生活に入りました。兄がわたしの側からいなくなるのは初めてでした。

一方で、わたしはその欄に水橋圭一という名前を目にしていました。合格先は北海道にある国立大学です。通学の際に、わたし達兄妹が乗る停留所の次の停留所から乗り込んで来る生徒で、英語劇では制作スタッフの一員として名を連ねていた人物でした。

次の年の同じ時期、まず母が、星野高志の名前が出ていると言ってその部分をわたしに示してくれました。遠い親戚で、去年一高を卒業したはずだという生徒です。文化祭で「ベニスの商人」の主役を演じた男性です。合格先は東京の有名私立大学でした。

それから程もなく、兄がこの欄にT大工学部の合格者として氏名が載り、二年越しで初志を貫徹しました。わたしと母は手をたたいて喜び合いました。兄はまだ仙台から帰っていませんでした。

びっくりしたことに、杜沢吉彦という名前が兄と同じT大の文学部のなかに出ており、わたしは、ドイツ人学生の質問にWe are invitedと応え、英語弁論大会で優勝したあの一高生がやはり一浪を経てT大生になったのを知りました。

夕食時、今度は父も交えてひとしきり兄の合格が話題になったあと、父が、T大に入った杜沢吉彦というのは、自分の師範学校時代の一年先輩の息子かもしれないと言い始めました。姓のみならず名前の一字めまで同じだというのです。父の話によると、その先輩はバスケットボールをやっており、剣道部に所属した自分が明治神宮大会（現在の国体）に出場した折、往復の列車や宿舎を共にしたというのです。〝室戸台風〟に遭遇した年だと言います。父の記憶によれば、夕食にイカの刺身が出ましたが、これは台風前に漁獲したものだからきっと古くなっているに違いない、口に入れるのは控えるようにと剣道部の監督から指示がありました。しかし、バスケットボール部の方はそのような注意もなかったのでしょう、選手たちの多くがお腹を下して試合ではまったく力を出せず、初戦で大敗を喫してしまったのだそうです。師範卒業後その先輩は県南の小さな村の教員になり、三年ほど経った後に師範の専攻科に入り直してさらに一年間勉強、そこを終えたあとは秋田市内の小学校で教師をしていたのだそうです。ところが終戦直後の時期に女性関係のトラブルを起こして教壇に立てなくなり、その後は民間会社に転職したと耳にしていると父はしんみり披露してくれました。黙って教員をしていれば今頃は間違いなく校長であったろうと父が付け加えたのは、その先輩と父の学歴がよく似ていたからだと思います。わたしの父も師範を卒業するとすぐ県北の小学校の先生になりましたが、四年後にやはり専攻科に入って勉強し直した経歴があるのです。父が最初に校長職を命じられたのは三七歳の時ですから、同じ学歴のバスケ部の先輩も当然早くに校長になっていたであろうというのが父の見方でした。ただ、父もそれ以上の事情には通じておらず、その話題はそこで終わりになってしまいました。

わたしの高校三年間の最大の思い出はやはり卒業式です。わたしが卒業生五〇〇人を代表して答辞を読んだのです。秋田女子高の答辞は代々生徒会長が読む慣わしになっていましたので、生徒会に何の関りもないわたしが担当したその年度は例外であったようです。秋女高の卒業式は三月一日というのが長い間の伝統で、二月に入って間もなく、学級担任からわたしに職員室で答辞云々の話がありました。もちろん、わたしはその場ですぐに謝絶しました。答辞は生徒会長という伝統を承知していたからです。目立ちたくもありませんでした。

その場はそれで済んだのですが、二、三日後に思いがけず父からその話がありました。中学校長を務めていて高校とはまったく関係のない父に教育委員会を通じて秋女高から連絡があり、父の説明によると、安土真弓つまりわたしは三年間を通じて優秀な成績を収めたので、今年度は例外的に生徒会長ではなく成績最優秀者に答辞を読んでもらうことに秋女高の職員会議で決定済みだというのです。その点は学級担任の説明でも触れられていましたが、わたしはそこも含めて遠慮したのです。生徒会長の立場や気持ちにも配慮したつもりです。それを、わたし自身が承知しないので、いわば父親に手をまわしてとの印象を拭い切れない形で迫るというやり方にわたしは少なからぬ反発を覚え、拒絶の気持ちは却って強まったと言えます。もともと、わたしはそんな晴れがましい場には恐怖に近い羞恥を覚えるのです。

ところが、父や母の受け止め方はわたしとは正反対でした。私自身にとって名誉であるというだけでなく、伝統ある秋田女子高がその伝統をある意味破ってまで今年度の答辞は安土真弓に任せると決めたのはそれ相当の重みや覚悟を伴ったものだと言い、それがこれからの新しい伝統になっていくのだとわたしを説得したのです。伝統はもちろん大事だけれども、それが墨守（ぼくしゅ）に陥ってしまったのでは今後の秋女高の発展は望めないというのです。わたしが、なお生徒会長の心情にこだわると、その辺は当然学校側できちんと指導してくれているはずだと楽観的でした。

わたしが最終的に答辞の件を承諾したのは、生徒会長の立場や心情については学校で適切な対応をとってくれるという父や母の言を受け入れた結果です。わたしにとってはそこが最大のネックでしたので、そこさえクリアできれば大筋では学校の意図を尊重したいとの結論に達した結果でした。わたしは、母校である秋田女子高校に強い愛着をもっていたのです。わたし個人よりも秋田女子高の方が大事だと思い直しました。

卒業式は、小・中・高どの段階でもその学校の最大行事です。小学校は六年間の、中学校と高校はそれぞれ三年間の総決算ですし、多数の来賓も招待していますので、学校の総力を挙げて取り組みます。秋田第一高校のように予行を実施しない学校もあるにはありますが、ほとんどは前日にきちんとリハーサルをして当日の式典に瑕疵(かし)が生じないよう準備するのが普通です。秋田女子高もその例外ではありませんでした。

答辞をめぐっては、二人の指導者が付くのが慣例で、私の場合も国語科と家庭科の教師が任命されていました。国語科の先生は答辞の内容を、家庭科の先生は答辞を読むにあたっての所作の指導をしてくださることになっているのです。国語科教師は普段の授業で「現代国語」を教わっている年配の男性の先生、家庭科教師は一年次に「家庭一般」を担当していただいた中年の女性の先生でした。

答辞の内容は、基本的にはわたしに任されました。が、担当教師は、参考までにと言って過去五年分を手渡してくれました。大筋はこれに倣(なら)って、あまり枠をはみ出さないようにということなのでしょう。秋田女子高の歴史や立場を考慮するとそれはもっともなことだと理解できました。ただ、わたしとしては、愛読書である倉田百三の『愛と認識との出発』や阿部次郎の『三太郎の日記』などの理念をどこかに引用したいと考え、実際にそのような原案を作成して提出しました。一読した国語教師は、少し長いかもしれないとの感想を述べましたが、修正というほどの指導はありませんでした。ただ、冒頭部分に天気に関する記述があり、そこは当日朝の空模様を見て決めた方がよいだろうと指摘されて、晴天の場合とそれ以外の場合の両方を準備しました。三月一日も、閏年(うるうどし)であればまだ二月二九日なので、秋田の空は曇天の冬空の日も結構あるのです。

所作指導は、式典の前日、一五〇〇脚の椅子が並んでいるだけの無人の体育館で丁寧に行われました。担当の家庭科教師は開口一番、明日は、生徒、職員、保護者、来賓など多数が威儀を正して参列するので、いささかの粗相も許されないと硬い表情でわたしに告げましたが、すぐ、多少間違えても人間らしくていいわよと笑顔を見せました。

晴れたり曇ったりの空模様のなかで開催された卒業式は何の問題もなく終わり、その模様は夕方のテレビで流れました。わが家にはまだ受像機がなかったので放映については家族の誰も知りませんでしたが、テレビを見たという電話が親戚などから何本かかかってきてその事実を知ったという次第でした。

第二章　社会人

わたし自身の名前が兄たちと同じ新聞の合格欄に載ったのは昭和三七年（一九六二）です。秋田大学の学芸学部です。間もなくT大の二年生に進級する兄も春休みを利用して帰省中で、家族みんなで喜んでくれました。母が奮発して、夕飯はお寿司でした。

両親が結婚した当初の一時期を除き、わが家は基本的には教員である父の給料だけで暮らしてきました。もともと家庭科、なかでも裁縫が得意であった母が、秋田市に居住するようになってからはデパートの注文を受けて羽織袴などを仕立てたりしていましたが、そうした注文はいつもあるわけではありませんのでそこからの収入は限定的でした。父の給料に頼らざるを得なかったのです。ただ、母は、できるだけ支出を少なくしようとしたのでしょう、日常の着衣などは手縫いのものが多く、秋田女子高のわたしの制服も母が自分で縫って着せてくれました。もちろん、制服の生地は指定されていますのでそれは専門店で買い整え、わたしの両手を広げさせたり横を向かせたりしながら採寸して仕上げたものです。当時は、数は多くはないものの、自宅で制服をあつらえてもらったという生徒は一定数存在していたようです。

跡継ぎである兄は本人の希望どおり仙台に出さなければなりませんから、経済的に楽でないことをわたしは見るともなしに見ており、自分は地元の大学と早くから決めていました。秋田大学の前身は秋田師範ですから、父は、自分の娘が直接自分の後輩になるんだといったようなことを言って喜んでいました。ただし、父の本音は、〝可愛い娘〟は外に出したくないというところにあったのだとわたしは理解しています。父は、理屈は進歩的ですが心情は古風なのです。その点は母も似通っていたかと思いますが、父の実家はいわゆる〝水飲み百姓〟、母の実家は県北でも有数の素封家(そほうか)ということで、そこからおのずからにして生じる小さな軋轢(あつれき)のようなものにはわたしは高校生になる前後から何となく気づいていましたが、むろん口に出したことはありません。両親もそれなりに折り合いをつけていたようで、少なくとも子どもの前では、家庭内に波風の立つようなことはありませんでした。戦前にしては珍しい職場結婚で、もともと仲がよかったのでしょう。

わたしが秋田大学の英語科に進学したのはその場の成り行きのようなものでした。進学のための最終面接としてわたしを先生自身の常駐場所である理科準備室に呼んだ学級担任はまず、

「真弓は、その気になればT大も充分視野に入る学力の持ち主だから、秋大であれば、数学科でも英語科でもどちらも心配ない」

とわたしに告げました。秋田大学志望の生徒が耳にしたら憤慨しそうな内容ですが、担任は気にしている素振りもありません。話し手が鈍感なのでしょうか、それともそれが受験の現実というものなのでしょうか。いずれにせよ、学業成績から判断したら数学でも英語でもどちらでも大丈夫というのは少なからずわたしの虚栄心をくすぐりました。どう反応したらよいのか判断がつきかねて、つかの間、わたしは沈黙しました。

白衣の右肘の部分に焦げたような小さな穴の開いているのが目に入りましたが、化学の実験の途中で薬品でも跳ね飛んだのでしょうか。

「これからは国際化の時代だから英語にするか」

担任は確認するようにわたしを見つめています。

「英語はきらいではありません」

何か言わねばと思ってわたしはそのように口にし、少し視線を落としました。それを担任がどう受け止めたのかわたしははかりかねましたが、

「それじゃ、英語で決まりだ」

と決断するように担任教師が語尾を強めました。わたしの後にも誰かを呼んでおり、特

別問題のない者は早く済ましたいという雰囲気です。合否がギリギリのラインの生徒に充分時間をかけたいのでしょう。秋田女子高には地元の秋田大学を希望している生徒がたくさんいるのです。

虚栄の余韻を意識しながらわたしは、

「よろしくお願いします」

と軽く頭を下げました。

両親からは、秋田大であれば何科でも構わない、自分の好きなところを選べばそれでよいと言われていましたので、その点での躊躇もありませんでした。

しかし、当時のわたしの中に将来への確固とした目標や希望のようなものが存在していたわけではなかったのは認めざるをえません。それが、いわば担任まかせのような結果につながったのだと反省しています。

わたしが親しくしていた佐野智子さんは希望どおり東京の有名女子大に進学しました。英語教育で高い評価を受けている大学で、駅で見送ったわたしに、自分の英語にさらに磨きをかけて女性外交官をめざすと張り切って旅立っていきました。将来への願望や目標をしっかりと持って前に進んでいく友達をわたしは羨ましく思いながら眺めていたものでした。

大学二年生になって間もない六月中旬に新潟で大きな地震がありました。昼休みの時間帯でした。秋田市では特別な被害はありませんでしたが、結構揺れが大きかったので、弁当を抱えて外に出ていった学生もいました。

その数日後、地元紙に社葬の形でやや大きめの死亡広告が載り、父がまずそれに注目しました。父が話をしていた師範の先輩であったのです。

父の後にわたしが手にとって見ると、故人は杜沢吉朗という人物で、享年四八歳。葬儀委員長は社長、喪主は夫人になっていました。夫人の名前と並んで長男の名前があり、それは杜沢吉彦となっていました。全県の英語弁論大会で優勝し、「ベニスの商人」で公爵の役を演じたあの一高生です。今は兄と同じT大の文学部の学生のはずですから、葬儀のために帰省中なのかもしれません。

広告を目にしてから一〇日ばかり経った日の同じ新聞でまた杜沢吉朗氏の名前に接しました。「一人で三万CC使っても」という見出しがついた五段ほどの特集記事です。故人の姓名や役職名が記載されており、新潟で地震が発生する少し前から息を引き取るまでの数日間に故人に三万CCものB型の新鮮な血液が大量輸血された模様を事細かに紹介しているのです。血液を確保するために会社の総務部が中心になって二四時間態勢で献血者を待機させていた様子などを臨場感豊かに読者に伝えています。記事の最後に、一日も早く血液銀行の確立をと訴えており、それがこの囲み記事の主眼であるのはよく理解できましたが、この間、長男の杜沢吉彦さんもきっと大変な哀しみと忙しさに襲われたに違いないと想像されて、わたしは、兄と同期のT大生に同情を禁じえませんでした。

兄とわたしの年齢差は二つですが、わたしが早生まれの関係で学年は一つしか違いません。成人式の案内も、兄の翌年にはわたしにも届きました。兄は、案内が来た時点ですでにT大の授業が始まっており、式にも出ませんでしたが、その分も含めてといった意味合いもあってわたしは秋田市主催の式典に出席しました。

ところが、わたしはまず受付で、

「ここは成人になった方の受付場所です。付き添いの方やお友達は向こうになります」

と、一区画離れた場所を指示されました。わたしを新成人と認識してくれなかったのです。わたしはいささかムッとしましたが、事情はすぐに理解できました。成人式とあって女性はほぼ一〇〇パーセント華やかな振袖に純白のショール姿です。わたしはと言えば、正装はしていましたが、紺色のスーツの上に、愛用している黒褐色のオーバーコートを着用していましたし、髪飾りなどもとくには付けていませんでしたので新成人には見えなかったのです。個性が大事だと強調される時代なのに、女の子は誰も皆同じような和服姿で嬉々としています。主催者側のあいさつや祝辞なども決まり切ったものがほとんどで、自分が成人になった喜びはそれほどありませんでした。

わたしが四年生に進級するのと時期を同じくして兄が東京のテレビ会社に就職しました。工学部で通信工学を専攻した兄なので、配属先は技術畑です。兄は仙台の下宿先を引き払っていったん帰郷し、母とともに新たに東京の下宿に赴く準備に入りました。

秋田では、地元紙が教員の異動をすべて掲載するのが慣わしです。末尾に新採用の教員の氏名と新任校も載っています。兄の出発の前日、わたしはそこに杜沢吉彦という名を見つけました。初任校は能代(のしろ)女子高校でした。能代市は秋田県北部の沿岸に位置し、木材業を中心に栄えている都市です。旧制の中学校よりも女学校の方が先にできた、そういう意味で女子教育に熱心なまちだというのは父から聞いてなんとなく知っていました。

杜沢さんと兄は秋田第一高校で三年間、仙台のT大で四年間、合わせて七年間同じ学校に通っていたのですが、兄は杜沢さんをまったく認識してはいませんでした。どちらも大規模な高校であり大学ですからそんなことがあっても別におかしくはないのですが、一高やT大と何の関りもないわたしの方が杜沢吉彦なる人物の一部を承知しているのは不思議な感じがしました。

その翌年、大学を卒業したわたしは県南部の中規模な男女共学の高校への勤務を命じられて赴任しました。父は、初めて教壇に立つ学校としては地域も規模もちょうどよい学校だとの感想を述べてくれました。その年の英語科卒は一一人でしたが、高校に就職したのはわたし一人だけでした。あとの一〇人のうち六人が中学校教師、四人は民間会社という内訳でした。もともとはほとんどが高校希望だったのですが、就職状況が厳しくなりつつある時期でしたので最終的にそうした結果になったのです。そう、わたし達は〝団塊世代〟のハシリであったのでした。

わたしの初任地は、わたしが一度も訪れたことのない土地でした。場所は地図で確認できましたが、そこに到るにはまず奥羽本線で県南の中心都市に赴き、そこで支線に乗り換える必要がありました。

住まいも確保しなければなりませんが、もともとが県北出身のわが家は県南に親戚や知人も存在しませんでしたので、父が、師範学校を同期に卒業した方に頼んでその地で間貸しをしている家庭を見つけてもらいました。依頼したお相手は中学校に勤務している社会科の先生でしたが、全寮制が基本であった師範を卒業した皆さん方は連帯感が強いという事実にはからずも触れ、感謝と同時に妙に感心もしました。

部屋を借りても食事はそこで自炊しなければなりませんので、そのための鍋釜も揃えねばなりません。それは母と一緒に買い物に出て準備し、大きなものはあらかじめ発送しておきました。それでも心配だったのでしょう、母は赴任するわたしに付き添って現地まで足を運んでくれ、部屋のしつらえなども手伝ってくれました。幼稚と言われればそれまでで、わたしの生活能力はいささか低かったと認めざるをえないのが正直なところです。

正式には四月一日からの勤務になりますが、三月二八日の午前中に学校に顔を出すよう指示がありましたので、わたしは当日、少し早めに自分のこれからの勤め先を訪れました。校長室に隣接する控室のような部屋に通されて待っていると、隣りつまり校長室から張りのある声が聞こえてきます。電話中のようです。どうやら声の主は校長先生のようです。

聞くともなしに聞いていると、ちゃんとした英語の免許を持っている教諭を配置してもらったのはありがたいが、女性というのは納得しがたい、できれば男性に変えてもらえないかといったような内容の話をしています。わたしはすぐに、話題になっているのは自分だと気づき、いささか不愉快になりました。女だから駄目だというのは時代錯誤もはなはだしいと感じたのです。ここは田舎だとも思いました。田舎だから、こんな非常識な会話が大声で交わされていても許されるのです。しかも、高校の校長室においてです。わたしはその場から逃げ出したい衝動に駆られましたが、それでは女性の負けを認めることになると考え直して自分を抑えました。あれこれあっても、ここは、わたしがこれから働いていくべき場所なのです。

当然ながら校長の訴えは認められなかったらしく、電話の後は教務主任や英語科主任なども交えてわたしに種々の説明があり、新年度へのわたしの気持ちもおのずからにして引き締まるものがありました。

帰り際に、教務主任に促されて窓外に視線をやると、まだ大部分が雪に覆われた鳥海山（ちょうかいさん）がよく見えました。標高が東北地方第二位を誇る名峰です。秋田市からも形良いその山容を遠望できるのですが、距離と角度の違いによるのでしょう、ここからの眺めの方が、成層火山としての魅力がより濃厚で、海よりも山の方が好きなわたしはしばし感動しました。わたしの初任校はすばらしい景観に恵まれているのです。

間借り先に戻ると、その日の終列車で秋田に帰る予定の母が昼食の準備をして待っていました。わたしが鳥海山と校長室の電話の件を伝えると母は、鳥海山は自分もすでに見たと言い、電話については、そんなことでイラついていたのではこれから社会人としてやっていけないとわたしを諭しました。母の若い時代は女が自転車に乗っているだけで白眼視されたそうで、それに比べれば今の社会は各段に進歩しているといったことを、一緒に蕎麦をすすりながら語ってくれました。わたしは、自分の愛読書のひとつである坪井栄の『二十四の瞳』の女性主人公・大石先生の真の強さを改めて認識した思いでした。

と同時に、このとき初めて、自分が自転車に乗れないのを恥ずかしく思ったのでもありました。

第三章　山も海も

社会人として大事な一歩を踏み出したわたしは、赴任早々大きな失態を演じてしまいました。飲めないお酒を飲んでしまったのです。

着任して一週間ほど経ったところで、新任職員のための盛大な歓迎会が町一番の旅館で開かれました。事務方の職員や臨時の雇員などもいますので歓迎されるほうはちょうど一〇人、歓迎してくださる方々は校長先生以下二〇人ほどでした。わたし達新任は床の間を背にした正面の席を指示され、初めて教職に就くわたしにも端の方ながらきちんと分厚い座布団が与えられていました。

やや形式ばったあいさつがしばらく続いたあと酒宴に移り、座が急速に打ち解けていくのをわたしは不思議なものでも見るような感じで眺めながら、目の前のお膳のご馳走をひっそりと口に運びました。

一部のベテラン職員が早くも正面中央の校長にお酌をし、順次新入者のお猪口（ちょこ）にも注ぎながら歓迎の意を表していきます。わたしのところにも何人か回って来てくれましたが、わたしが、お酒は飲めないと断ると、それではと言ってすぐにジュース類に変更してくれました。

ところが、五番目か六番目の五〇がらみの男性はわたしの前でどっかと胡座をかきました。

「安土さんは独身と聞いておるが、そのとおりかね？」

「はい」

いきなりのプライベートな問いに一瞬ドキリとしましたが、最小限の返事だけはしました。

「秋田市の出身と聞いているが？」

「はい。ただ、生まれは秋田市ですが本籍地は北秋田郡の阿仁町です。秋田市内に住むようになったのは、中学校三年次からでした」

追及調の質問が続いて鬱陶しいのですが、あまりぶっきら棒にもできないのでわたしは事実だけを簡単に答えました。

「そうか、阿仁か。熊で有名なところだな……。遠いところからよく来てくれた。ま、一杯やってくれ」

ネクタイの縒れたいかつい顔のその男性が、そう言いながらわたしにお酒を注ごうとします。

「申し訳ありませんが、わたしはお酒がまったく飲めないんです。できればジュースの方で……」

わたしは自分のお猪口を掌で押さえながらそのように申し出ました。本当はジュースもすでに飲み過ぎているのですが、すべて拒絶するのも相手に失礼かと思ってそのように譲歩したのです。

「今どきの若い者がそんなことでどうする。ここ県南は酒どころだから、酒も飲めないようではよい教育もできんぞ」

「ご忠告はありがたいと存じますが、体質的にアルコール類はどうも……」

お酒が飲めるかどうかと教育の力は関係ないと思ったのですが、あまり理屈っぽいことを言っても場を壊すだけなので、わたしは引き続き低姿勢を心がけました。

「それとも、なにか、この儂（わし）の盃は受けられんということか？」

すでに酔っているのでしょうか、相手は三白眼になっています。わたしは怖くなり始めていました。わたしの父も兄もお酒はまったく飲みませんので、わたしはお酒を飲む方の気持ちには全然通じておりませんし、肉親を中心に行われる冠婚葬祭の類以外の酒席にもほとんど連なった経験がありません。学生時代にコンパなどもありましたが、学生はお金もないのでガブ飲みしたりはしないのです。

「儂の酒を拒否するようでは、お前さんはこの学校ではうまくやっていけないぞ」

わたしの反応に不快感が増幅されたのでしょうか、相手の苛立っているのが判ります。わたしは本当に怖くなりました。眼の前の男性に恐怖を覚えただけでなく、教師としての将来についても危惧を感じたのです。学校内でのこの教師の立場や役割などについてもわたしはまだ何の知識もありません。

強く拒否できなくなったわたしは、

「それでは、ほんの盃一杯だけでしたら」

と断って、目を瞑りながらお猪口の中の液体を喉に流し込みました。

程もなく天井がグラグラ揺れ始め、隣りの女性にもたれかかるように倒れてそのまま意識がなくなりました。

気がつくと、わたしは小部屋に敷かれた布団に寝かしつけられていました。その部屋の天井も、先刻ほどではありませんが、まだゆっくり回転していました。二階と思しき方角から喧噪がかすかに伝わってきます。

わたしが周章(あわ)てて起き上がり、胸元を確かめているところに仲居さんが入って来てわたしの状態を確かめ、車を呼びますからこのままお帰りになるとよいでしょう。幹事さんにはわたしからお伝えしておきますと言って笑顔を見せてくれました。こういう場面は何度か経験済みといった印象でした。わたしは細身のその仲居さんに丁寧にお礼の気持ちを伝え、呼んでくれたタクシーに乗ってその場を後にしました。

翌朝、多少頭痛を抱えながら恐る恐る出勤すると、チラチラした視線を送ってくる教師がいないわけではありませんでしたが、昨夜のことを正面から話題にする先生は一人もいませんでした。わたしは、身を小さくしながらも、自分はたとえ一滴でもアルコール類を口にしてはいけないのだと、強く肝に銘じました。

当時は、大学を出たばかりの新人は最初の勤務校で五年過ごすのが一般的でしたが、赴任早々の失態が影響したのかどうか、わたしは二年で本荘女子高校に転勤になりました。異動を伝える校長先生の言によると、「本校で安士先生を必要としなくなったのではなく、新任先の校長が強く希望してこういう結果になった」ということのようでした。父に連絡すると、そうした人事もたまにはある。本荘女子の校長は英語の先生だから、お前の能力に期待してのことだろうと感想を述べ、望まれたのであればどこにでも行くべきだと付け加えました。

わずか二年で転出ということで同僚の皆さん方もびっくりしているなか、わたしは新卒のときとあまり変わらない気分で本荘に赴きました。

本荘市は、秋田県南部の海岸に位置する中都市で、鳥海山のお膝元のような地域にあります。旧制の本荘中学校と本荘女学校がよく知られており、その伝統は、戦後、本荘第一高校と本荘女子高校に受け継がれています。後者がわたしの二番目の勤務校になったのでした。

女生徒ばかりなので、全体の雰囲気はわたしの卒業した秋田女子高校とあまり変わらず、そういう意味では気楽な学校でした。生徒たちはわたしを少し硬めのお姉さんのような気分で見ていたようです。当時はミニスカート全盛期で、生徒たちからは、安土先生のスカートは長すぎると時どき友達感覚で揶揄（やゆ）されたりしました。わたしとしてはギリギリ短くして穿（は）いているのですが、それでも膝小僧が半ば隠れるぐらいであったので、生徒から見れば少なからず時代遅れといった印象があったようです。

わたしは、生徒の在籍や日々の出欠、定期の考査や入学試験などを主に担当する教務部の所属が長かったのですが、生徒指導部の先生方は、どうすれば生徒たちに長めのスカートを穿かせられるか常に苦心していました。女子高と言っても職員の七割は男性ですし、世の中の半分は男子ですから、女性としての嗜（たしな）みを失わないでほしいと希望したのです。それが、本荘女学校以来の校是の一つでもありました。

教務部という校務分掌は生徒の日常からやや遠い位置にある印象でしたが、学級担任が毎年あって、その分を補ってもらったような気がします。赴任と同時に一年生を担任し、以後、二、三、一、二、三、一、二といった具合にクラス担任が続いて、日々生徒と〝格闘〟していたのです。一年生は秋に鳥海登山があり、二年生は修学旅行がありますから、鳥海山に三回登り、修学旅行に三回出かけました。新入生を受け持ったのも三回ですが、卒業生を送り出したのは二回になります。英語関係を中心に各種研究会にも積極的に参加させてもらい、英語教師として一人立ちできるよう育てていただいた時期でした。

わたしの本荘女子高勤務は八年間で、そのうち六年間は間借りしての自炊生活、残りの二年間は自宅からの列車通勤でした。

赴任した翌年の秋ですが、朝出勤すると、わたしの靴箱に差出人の名前のない封書が入っていました。男文字なのはすぐに見当がつきました。初めてのこととてどう対応してよいか判断がつかず、その週末に、開封しないまま自宅に持ち帰って父に見せました。父は、ラブレターのつもりらしいが誤字が二つもある。こんなのは無視して構わんと言って、みずからの手で破り捨ててしまいました。母が傍らで笑っていました。その手紙の最後には氏名を記入してあったようですが、父はその氏名をわたしに伝えませんでしたので、結局誰からのものなのかわたしには分かりませんでした。当時の父は学校現場を離れて市の教育委員会に入り、そうしたトラブルにも何度か接していたようで、特別驚いた表情も見えませんでした。昔は教師は聖職扱いだったそうですが、今は教師も人間ということなのかもしれません。

わたしとしても、職場におけるそうした場合の対処法をそれなりに会得できましたので、その後何度かあった似たようなケースでも、差出人が明記されている場合はその人物の靴箱にそのまま返し、明記されていない場合は開封せずにすべて屑籠に直行させました。それで何の問題も生じませんでした。

本荘での勤務になって三年目の春に、能代女子高の杜沢吉彦教諭が秋田農業高校の定時制課程に異動になったのを新聞発表で目にしました。新卒者は五年という慣例より一年早いはずなので、何か特別な事情があったのだろうかと想像しましたが、わたし自身がわずか二年であったのに比べればたいしたことではないと思い返してあとはそのまま忘れてしまいました。

本荘女子高に移って四年目の夏に秋田ではわが家の新築が成りました。わたしの中学三年進級時に県北から秋田市に転居して来て以来、わたしの家族は秋田市の西端の海岸部に位置する地域で借家生活をしていました。兄もわたしも就職して家計にもいくらか余裕が生まれてきたのでしょう、とくに父が強く念願していたマイホームを新築の形で実現できたのです。場所は、秋田市街地の北西の新興住宅地、かつて秋田藩主であった佐竹氏の菩提寺である天徳寺（てんとくじ）に徒歩二分という地点です。地の利や交通の便もよく、母方の親戚の家族が一〇年ほど前からお寺の敷地に隣接する場所に居を構えており、どこか親近感のある一画でもありました。

翌年の五月の連休中にひどい腹痛に襲われました。我慢しきれなくて、休み明けと同時に本荘市内の総合病院の内科を受診したところ、若い外来担当医は、これは内科の領域ではなく産婦人科のような気がするからといってそちらの受診を勧めました。それまでわたしは産科も婦人科も受診した経験がなく、何となく怖くなって、痛みを堪えながら一度自宅に戻りました。

驚いた母に付き添われて翌朝一番に両親の掛かりつけ医を訪ねると、中年の医師は、私は盲腸だと思いますと言って即座に懇意の外科医を紹介してくれました。母とわたしはその場から外科医院にタクシーで直行しました。掛かりつけ医と同じ大学を出たという外科医は二、三問診したあと耳たぶから血液を採り、一五分後には、盲腸炎に間違いありません。急を要するので午後には手術になりますと宣言するように言いました。母もわたしも慌てましたが、この場合他の選択肢はありません。すべて医師の診断と指示に従いました。

やはり虫垂炎で、しかもすでにそれが破れていたため腹部に膿が溜まり、それを外部に吸い出すのに少なからぬ日時を要しました。盲腸の手術は通常は一週間の入院でよいのだそうですが、わたしの場合はおよそ一ヵ月かかりましたので、その分、生徒や職場に迷惑をかけてしまいました。

すでに述べましたように、わたしの盲腸にはいわくがありました。高校二年生の時分、腹部に継続的な鈍痛があり、盲腸と診断されました。修学旅行にも参加しませんでしたが、その時は強い痛みもありませんでしたので手術もしませんでした。そのツケのようなものが、それからほぼ一〇年経って表面化し、結局手術に到ったという次第です。

虫垂炎騒ぎが落ち着いて半年後の秋、わたしは本荘での間借り生活をやめて自宅からの列車通勤に切り替えました。体調もそれに耐えられる程度に回復していましたし、両親と一緒の方が何となく安心感があります。まだ木の香もかぐわしい新居を充分に味わいたいという気持ちも後押ししていました。わたしが家のなかで自分の部屋をもつのは初めての経験で、それも嬉しかったのです。

秋田と本荘の間の線路の多くは海岸に沿って走っています。季節によって、帰宅時には日本海に沈む夕陽を眺める機会が少なからずあります。海より山の方が好きであったわたしも、次第に海も山も両方好きというふうに変わっていきました。

本荘女子に在任中にわたしに二度縁談がありました。最初は、わたしが赴任して三年目で、英語科の主任の仲立ちによるものでした。お相手は市内の老舗の呉服店の跡継ぎの男性です。しかし、その時分はまだ教員の仕事を覚えるのが最優先の時期で結婚については全然考えておらず、両親とくに父が、何も急ぐ必要はないときわめて消極的でしたので、わたしは一応写真を拝見しただけでお断りしました。

母の親戚筋から入ってきた二度目の縁談は見合いまで進みました。わたしが自宅から通勤するようになって間もなくです。相手は秋田大学の英語科の助教授で、わたしより六つほど年上でした。わたしが学生の時分には在職していませんでしたので初対面でした。母は良縁だと乗り気でしたが、父は相変わらず消極的です。娘を家から出したくないとの気持ちが隠すより先に現われていて、わたしも母も苦笑しました。

双方の家族を交えてホテルでお見合いをしたのですが、結局わたしはそのお話を断りました。相手の男性のどこかが気に入らないといったようなことではなく、わたしは男性という性がまだ怖かったのです。小学校低学年のころ、校長の娘だといっていじめっ子から石を投げつけられた記憶が鮮明に残っており、最初の赴任校でアルコールを強要されて失態を演じた場面も甦ったりしましたが、それより何より、わたしは男性に何か獣的なものを感じて怖かったのです。この感覚はまったく理不尽でうまく説明できませんが、男性が一定の距離以内にわたしに近づくと、わたしは妙に緊張して怯(おび)えの感覚に捉われるのが常であったのです。

二度目の縁談の後、同年代の男性からデイトめいた誘いを受けたことがありますが、そのときもわたしは見合いと同じような反応をしていました。わたしの勤務地と秋田市のちょうど中間付近は昔は亀田藩の領地でした。その一隅にお殿様の休憩場所があり、国道からやや奥まった閑静な地区に小さな池があって、白やピンクの睡蓮の花なども咲いていました。わたしに声をかけた男性教師は車でわたしをそこに連れて行ってくれたのですが、わたしは、池の花は美しいと思ったものの、男性が側に寄って来ると妙な緊張感に襲われて、その男性と行動を共にしたのは、結局、そのとき一回だけになってしまったのでした。

わたしは本荘女子高に八年間勤務し、その間に三人の女性が結婚なさいました。お相手はいずれも学校の先生で、そのうち最後の一組は本荘女子での職場恋愛をご結婚にまで昇華させたカップルでした。わたしがその事実を知ったのはご夫妻の披露宴の席上です。英語科の既婚の先輩教師が教えてくれたのです。その折、その先輩女性は、真弓さんてウブね、と付け加えて微笑しました。わたしは、男女間のあれこれについてはまったく疎かったのでした。

第四章　母　校

昭和五一年（一九七六）四月、三二歳になっていたわたしは三校目となる秋田女子高校で新年度を迎えました。固い結び目の総角(あげまき)を校章にした母校で、校舎はわが家から徒歩一〇分の近距離にあります。しかもその年度は学級担任もありませんでしたので、気分は何となく楽でした。管理職以外の教員は、担任があるかないかで精神的な緊張度や日々の業務量などが多少異なるのです。

久しぶりにまとまった充電の期間に恵まれたわたしは、母校での最初の一年間を、シャーロット・ブロンテの『ジェーン・エア』とエミリ・ブロンテの『嵐が丘』を原語で読む時間に充てました。現代英語とはいささか異なるので結構苦労しましたが、その分勉強になりました。

翌年の三月、いつものように教職員の年度末異動を地元の新聞で確認していたわたしは、杜沢吉彦教諭が秋田農業高校の定時制から秋田女子高に転勤してくるのを知ってちょっとびっくりしました。相手はわたしをまったく知らないはずですが、妙なめぐりあわせでわたしの方は一方的にお名前を存じ上げているのです。

　四月に杜沢教諭が実際に秋田女子に赴任して来てわたしはさらにびっくりしました。杜沢先生は英語科ではなく国語科の先生であったのです。秋田第一高校の文化祭で英語劇に出演し、全県の高校英語弁論大会で優勝した人物ですから、わたしは、杜沢教諭は英語の先生だとばかり思い込んでいたのです。

　杜沢先生は着任してすぐ一年生の担任を命じられていました。二年目のわたしも一年の担任なので同じ学年部ということになり、仕事の面で少なからず接触の場面が増えそうなことは容易に想像できました。

　始業式や入学式など年度当初の恒例行事が一段落したところで、新入職員の歓迎会が市内のホテルで開催されました。座が寛ぎ始めたところでわたしは転入者がまとまって座っているメインテーブルに足を運び、杜沢吉彦教諭にもあいさつしました。ある意味、男性恐怖症じみているわたしに杜沢先生は何の拒否感も与えませんでした。女性的とか中性的とかではなく、ちゃんと男性でありながらおのずからにしてわたしを受け入れてくれているような不思議な印象でした。日本酒よりはビールの方が好みと言う杜沢教諭の、上部にあまり余裕のないグラスに形ばかり瓶を傾けたあと、わたしは、わたしから見れば奇妙と思える一方的な縁を三つ挙げました。

かつて、秋田女子高を訪れたドイツ人学生に対して杜沢先生が We are invited と答えたのを見ていたこと、一高の文化祭で英語劇「ベニスの商人」を観賞したこと、杜沢先生が全県英語弁論大会で優勝した会場にわたしもいたことの三点です。杜沢教諭は、その三つにご縁がある方とは初めてお会いしたと驚いた表情を見せました。

わたしがさらに、秋田師範の学生であった先生のお父さんがバスケットボール部の一員として出場した明治神宮大会に、一年後輩のわたしの父親が剣道で参加し、父は先生のお父様の存在を知っていること、先生のご尊父が亡くなられた折に三万CCの輸血を受けられた新聞記事を拝見したことを付け加えると、驚愕の度合いはさらに増したようでした。

わたしがなお、わたしの兄は一高で三年間、T大で四年間先生と同じ校舎に通っていた旨を告げると、残念ながらそれはまったく初耳だと言って軽く頭を下げました。

あいさつに来た人が背後に控えていてわたしはそこでその場を離れましたが、杜沢教諭は、いずれ時間をみてゆっくりお話する機会が持てればと言って笑顔を見せてくれました。

杜沢夫人が現在は秋田保健所勤務の保健婦であるという事実は、翌日英語科の同僚が教えてくれました。その同僚の奥さんも保健婦であったのです。

いずれ時間をみてという、もともと当てにならない話ではありますが、実際そうした時間はなかなかありませんでした。杜沢先生が忙しすぎるのです。

わたしは秋田女子の卒業生ですから学校の事情や雰囲気にも馴れています。二年目ですから教師としての余裕もあります。校務分掌は、生徒たちの日常生活に気を配る生徒指導部ですが、まれにスカートの短かすぎる生徒や頭髪を染めたりしている生徒を見かけるものの、秋女の生徒はみな基本的生活習慣はきちんとしているのであまり生徒指導部の出番はありません。

部活動に関して言えば、わたしは琴部の顧問になっています。高校から大学生にかけてのころ、わたしは母の勧めで生け花を習いました。母自身が名前を頂戴している華道の先生のところに通ってわたしもお花の世界でのお名前をいただきました。その先生が、嫁入り道具のひとつとしてお琴をやらせてみるのもいいでしょうと母に話し、母が琴を一面購入してくれましたので、わたしは琴にも取り組んだのです。それなりの免状をもらい、さらに上をめざすべくお三味線にも挑戦したのですが、それは途中で挫折してしまいました。小学生の時分にピアノの初歩を練習した経験のあるわたしは、どちらかと言えば邦楽よりも洋楽の方が好きだったようです。そんなわけで、琴に関しては準師範の免許を授かっているわたしも、学校の部活動の場では具体的な指導にはタッチしませんでした。そもそも、秋女の琴部の技術指導は外部から箏曲を生業としている秋女の大先輩が来て担当してくれるのが慣例になっていますので、わたしの出る幕は、事務的な部分を除いてはほとんどありませんでしたし、事務的な仕事もたいしてあるわけではありませんでした。

そうしたわたしに比べると杜沢先生はお忙しそうでした。まったく事情を知らない学校に赴任してきていきなり一年生の担任というのがその大きな要因です。先生が新任でも生徒が二年生だと生徒の方は学校の事情に通じているので担任は生徒から聞きながら諸事に対応していくことが可能です。しかし、どちらも一年生だと双方がまごまごして物事がなめらかに前に進まなかったりするのです。

杜沢先生が教務部所属なのも多忙の要素になっています。わたしも前任校で一定期間経験しましたが、教務というのは生徒の在籍や出欠、年五回の定期考査、時間割等に関わる仕事を担当する分野で、学校運営の背骨のような部分です。秋女の職員室は教科ごとのまとまりで仕事机が配置されているものの、教務だけは別格で、教頭の隣りの位置に教務主任以下の教務部員がまとまって陣取っていました。その方が仕事がスムーズに運ぶのです。とくに、時間割係は、教頭や教務主任の印鑑が捺された各職員の出張や休暇届などの書類に従って日々の時間割変更をしなければならないので、教務の中でもことさら忙しい部分になります。さすがにここには二人の人員が配置されていましたが、杜沢先生はそのうちの一人であったのです。

先生は、部活動は弓道部の顧問でした。先生ご自身は弓道の経験がまったく無いとのことで、ここも外部コーチにお願いしていました。スポーツの中でも弓道はやや特殊なので、全県的にみても弓道を直接指導できる教師はとても少ないようでした。それでも部員がいると顧問教師が必要ですし、運動部の一つなので大会の数も少なくありませんでした。大会には引率責任者として必ずその学校の教員が付き添わねばならないので、顧問の先生は大変です。当時、秋女の弓道部は全県的に見渡してもレベルが高く、ほとんどすべての大会の出場権を獲得していたようですからなおさらであったと推測されます。

職場内で立ち話程度に先生から直接聞いた話では、まともに国語の授業をするのは八年ぶりとかいうことで、授業に備えての教材研究にも結構時間を取られているふうでした。なんでも、前任の定時制課程では教科ごとの人員配置が偏っており、国語や社会の先生は余るほどですが数学や英語の先生は常に欠員状態なのだそうです。杜沢先生は若いという理由だけで英語や数学、保健体育などの授業を受け持たされ、専門の国語の授業はほとんどなかったのだそうです。それが、秋田女子では、大部分が大学進学をめざしている生徒を対象にした授業なので、それに対応するのになかなか大変ということのようでした。

一方で杜沢先生は、秋田高教組（秋田県高等学校教職員組合）の秋田女子高分会書記長にも選出され、そちらの仕事にも一定の時間を取られている様子でした。

秋田女子には毎年のように留学希望者がおり、その多くはＡＦＳ（American Field Service）を利用してのアメリカ留学でした。現に、昨年も二年生が一人ボストンに渡り、英文による提出書類はわたしが任されました。教務主任直々の指示でした。この主任はわたしが秋女の生徒であったときに英語を教わった先生で、面倒な書類は教え子にと決めたようでした。

これまで何人も希望者を送り出している関係もあって学校としては留学生受け入れに前向きでしたが、ホストファミリーの問題が大きなネックになっていました。ＡＦＳの規定では、留学生を預かるホストファミリーは年間を通してというのが原則なのですが、一年間外国人を世話するというのはやはり大変なのでしょう、受け入れてくれる家庭がなかなか見つかりません。

学校側ではＰＴＡなどを通じて何度も呼び掛けをしているのですが、どこからも色よい返事がないまま年末を迎えました。ＡＦＳからの連絡で、翌年二月にはシカゴからスーザンという名の女子生徒が秋女高に留学する準備が進んでいる。決まっていないのはホストファミリーだけだと催促頻りです。困り果てた校長は、職員会議の席上で、本校の職員の中で引き受けてくれる家庭があれば大変ありがたいと頭を下げました。その場では誰の手も挙がりませんでしたが、冬休み明け最初の職員会議で、ホストファミリーは杜沢先生宅に決定した旨の報告が校長からありました。職員会議の後わたしは教務主任に呼ばれ、これは校長先生の希望でもあると前置きしたうえで、杜沢先生は国語科だし、奥さんも英語には特別関係のない職種に就いている。英語を中心に君が陰から何かと援助してやってほしいとわたしに指示しました。

一ヵ月後の二月初旬、スーザンが杜沢家の一員となりました。学校では三月まで杜沢先生のクラスに在籍することが決まっています。ただ、家でも学校でも常に一緒では本人にも家族にもストレスが溜まるだろうという配慮から二年進級時に杜沢先生のクラスははずれることになりました。その折には一年生全体のクラス替えがあるのでちょうどよかったのです。

スーザンはわたしの担任する二年B組の一員になりました。教務主任と学年主任が相談して決めたようでした。杜沢先生はC組の担任で、わたしがC組の英語購読、杜沢先生がB組の古典を受け持つような時間割になっていました。

また、杜沢家ではスーザンのために新たに自転車を購入し、スーザンは自転車通学生の一人となりました。わたしが、自分は自転車に乗れないと告げると、スーザンは冗談とも本気ともつかない口調でアメリカに移住したらと返してきました。母国は自動車王国という意味合いなのは明白でした。スーザンの昼食は杜沢夫人のつくってくれる弁当で、前年は出前を取っていた杜沢先生も、その年はスーザンと同じ内容の弁当のようでした。

スーザンはすでにアメリカの高校を卒業してきており、秋田女子高で何かの単位を取らねばならないということは一切ありませんでした。そのため、スーザンが出席する授業も本人と相談して決めることが可能でした。もちろん英語は購読も文法もすべて出席です。音楽、体育、家庭などもほとんど参加していました。数学は最初出席でしたが、程もなく、留学前に勉強してきた数学とレベルが違い過ぎて理解できず脱落してしまいました。国語は現代文以外は基本的に欠席です。欠席の時間帯は、わたしの授業が空いていればわたしが図書室で日本語の基礎をスーザンに教えました。これには杜沢先生も時どき手伝ってくれました。

スーザンはソフトボール部に参加して放課後の学校生活も楽しみました。わたしは杜沢先生や教務部とも相談のうえ、週一日は練習を休ませてもらえるよう監督にお願いし了承されました。その日は生け花の稽古に通わせることにしたのです。スーザンは、何か一つでもいいから日本の伝統文化に触れてみたいとの希望を持っていましたので、そのように取り計らったのでした。

高校二年次のもっとも大きな行事といえば修学旅行です。三年間を通じて見ても、卒業式に次ぐ重要な催事です。

秋田女子の修学旅行は一〇月の初旬に実施されるのが慣例ですが、わたしは、二年生担任と同時に、旅行に備えて体調だけはしっかり整えておくよう生徒たちに注意を促しておきました。もちろん、わたし自身が自分の修学旅行に参加できなかった経験を踏まえています。

生徒の方は大丈夫でしたが、C組担任の杜沢先生が九月の半ば過ぎから少し体調を崩し始めていました。スーザンに尋ねると、ご本人は風邪だと言っているのだそうです。それとなく注意していると、勤務に遅れて入って来たり、午後に早退したりという日もあります。それはお医者さんに通っているせいだというのもスーザンが教えてくれました。

秋田女子は各学年一〇クラスで、二年生も当然AからJ組まであります。専用列車を仕立てるわけではないので一度に全クラスというのは無理です。ＡＢＣの三組が第一班、ＤＥＦＧの四組が第二班、ＨＩＪの三組が第三班という編成で、一日ずつずらしながら同じ行程で同じ場所を見学してくるスタイルでした。

旅程の第一日目はただ特急列車に乗っているだけです。京都・奈良・吉野を中心に五泊六日の日程で見学してくるのですが、日本海側を南下し、琵琶湖の西側を通って京都に到るのに最速の特急「白鳥」を利用しても一二時間かかります。ＡＢＣ三組の生徒たちは、長い列車の最後尾三両にそれぞれのクラスごとにまとまって乗車しているのですが、一部に一般客も混じっていますのであまり羽目をはずしたりはできません。生徒たちは仲間同士でトランプをやったりひとりで読書したりと思い思いに過ごしています。

クラスは三つですが、引率者は六人でした。クラス担任三人に加え、第一班なので学年主任が加わっていますし、担任に何か不都合が生じた場合に備え、クラスを持っていない二年部の職員が一人同行しています。あと一人は用務員の小父さんです。秋女では、仕事としては修学旅行に出かける必要のない事務職員などを日ごろの慰労の意味合いも兼ねて毎回一人参加させるのが慣わしで、その年はたまたま秋女に長く勤めてくれている用務員さんが対象になっていたのでした。

Ａ組の担任と担任以外の三人の引率者はＡ組の生徒がまとまっている車両に各自の座席があり、わたしと杜沢先生はそれぞれ自分が担任しているクラスの生徒たちが乗っている車両の最後部に座っていました。

秋田駅を発車しておよそ一時間、列車が秋田と山形の県境に差し掛かったあたりでスーザンが仲間のもとを離れ、Ｃ組の生徒がまとまっている車両に移動していきました。わたしの側を通りましたので、どうしたの？　と声をかけると、ホストファーザーの様子を見て来ると英語で言って笑顔を見せました。スーザンはわたしと個人的な話をするときは大体英語なのです。

スーザンは五分もしないうちに帰って来て、ホストファーザーは大丈夫と言ってましたとわたしに告げ、あとはふたたび車両中央の自分の席に戻っていきました。日ごろから親しくしている仲間たちと一緒に早くもおやつを展げている気配でした。

杜沢先生のことは、朝会ったときからわたしも気になっていました。笑顔は見せていましたが力がありません。顔もいつもより蒼白いように感じられました。旅のスタート時の興奮も一段落したようなので、わたしも見舞いの意味で杜沢クラスの車両に足を運びました。

列車の最後尾の席で杜沢先生は、窓外を流れる日本海に視線を送っていました。ご体調はいかがですか？　というわたしの問いに大丈夫ですと短く応えた先生は、自分の隣りの空席に視線を落とし、そこに腰を下ろすようわたしを促しました。この先のどこかの駅から乗車してくるのかもしれませんが、今のところは空いている座席のようでした。

渺とした日本海とその上にひろがる秋空に時おり視線をやりながら、先生は自身の学生時代について多くのことを語ってくれました。話のきっかけとしてわたしが、自分の兄は秋田一高も仙台のT大も先生と同期で、同じ時期に同じ場所で勉強した事実を持ち出した結果でした。時間はたっぷりあり、先生には話すことがいくらでもあったのです。

先生のお話の中でわたしが一番衝撃を受けたのは、大学の二年次から三年次にかけてT大の附属病院に一年近く入院、その間に二度手術を受けて左側の腎臓の剔出を余儀なくされたばかりでなく、二度目の手術の直前に秋田の県立病院に入院中のお父様が四八歳の若さで亡くなられたという件でした。先生を産んでくださったお母さんの方は、先生が三歳の折に二七歳で亡くなり、お母様の記憶は欠片もないのだそうです。両親ともに健在で、兄と合わせて四人家族が平穏に暮らしているわが家からは想像もつかない過酷な学生時代を先生は過ごしてきたというのを初めて知ってわたしは同情の念を禁じえませんでした。

秋女に着任するまで先生は英語教師だと思っていたのに国語教師であった事実にびっくりした由を伝えると、先生は、自分も国語の教師になるとは想像もしていなかったと言って笑いました。もともと秋田県の教員になるつもりはなく、従って大学でも教員になるために必要な科目は選択していなかったそうですが、お父様の他界でさまざまな事情が変わってしまったのだと説明してくれました。

人物関係についても興味深い事実が明らかになりました。十数年前、母が地元新聞に載った大学合格者の中に星野高志という名前を見出し、それはわたしが秋田第一の文化祭で演じられた英語劇に出演した人物の名前でもあった記憶を杜沢先生に伝えると、お母さんも君もよく覚えていてくれたと言って感心してくれました。当時、英語部の部長が星野高志さんで、杜沢先生と水橋圭一さんという方が三人組のような形になっていたのだそうです。部の後輩たちからは〝英語部のトライアングル〟と揶揄半分に言われていたことも明かしてくれました。わたしが、わたしの母が星野高志は自分の遠縁に当たるはずだと語っていたのを付け加えると、杜沢先生は、君のお母さんの記憶は正しいに違いないと後押ししてくれました。星野高志さん自身は能代市の生まれだそうですが、お父さんはもっと内陸部、わたしの母が生まれた辺りと同じ地域のご出身なのだそうです。星野高志さんは東京の大学を卒業後北海道開発庁に就職し、今は札幌勤務になっていると教えてくれました。

一方、現役で合格した北海道の大学を卒業した水橋圭一さんは日本でも最大手の製鉄会社に入社。最初の勤務地は広島であったそうですが、今は東京本社勤務になっているとのことでした。わたしが、高校時代、兄と一緒に路面電車で通学したお仲間であるご縁を告げると杜沢先生はその偶然にびっくりしていました。

友達関係のお話の中で、先生からわたしの兄に関していくつかの質問がありましたので、ありのままに答えました。兄は、T大の工学部を卒業すると同時に毎朝新聞系列のテレビ毎朝に就職し、本社の技術畑で仕事をしています。一ヵ月ほど前、秋田市出身の薬剤師との婚約が整い、来年の春に挙式の運びとなっています。三六歳なので少し遅いかもしれませんといった感想をわたしが洩らすと、先生は、これと思う相手が見つかったときがその人の適齢期だと応えて笑顔を見せました。兄の相手の女性は、卒業した大学は東京の私立薬科大ですが、大学院は仙台のT大である旨を追加すると、先生は、自分の周囲にT

大関係者が増えていくのは喜ばしいことだとこちらでも白い歯がこぼれました。

列車が新潟県に入って間もなくの辺りで、車両前部のデッキに旅行業者の添乗員の姿が見えました。腕時計を確かめると昼食の弁当配布の時間が間もなくで、その準備のようです。楽しいのでつい長話になってしまったと詫びながらわたしはその場を立ち、わたしの担任している生徒たちが乗っている一両前の車両にいささかあわてた気持ちで戻りました。

ここ数年、秋女の修学旅行の二日目は吉野で宿泊が恒例になっており、泊まる旅館も毎回決まっています。また、その旅館の夕食がすき焼きというのも動かず、その事実を生徒たちも先輩などから聞いて皆楽しみにしています。

生徒たちは大広間で一斉にすき焼きに箸を伸ばしますが、引率者の食事は別室に準備されていますので、生徒の食事が始まったのを見届けるとあとはそちらに移動します。その席で、国語科の杜沢先生が、明日の早朝、旅館から徒歩二〇分ばかりの距離にある西行庵に行ってみると意思表示しました。杜沢先生は吉野は初めてだそうで、旅行の日程が決まった時点で、西行法師の旧跡は是非訪ねてみようと心づもりしていたのだそうです。わたしは、本荘女子高に勤務していた時分に一度吉野に来たことがあって西行庵の存在は知っていたものの訪れたことはなかったので杜沢先生に同行したいと申し出ました。C組とB組の担任が出かけることになったのに刺激されたのかどうか、理科担当でA組担任の男性教師も足を運ぶと表明して、結局三人で西行庵に出かけました。

旅館前の舗装された坂道を五分ほど登り、脇道に入った山道を一五分ばかり上り下りした閑静な疎林のなかに大歌人の旧跡はありました。一見ただの四阿で、A組の担任は、早朝に起きてわざわざ来るほどのところではなかったとぼやいていましたが、杜沢先生は持参した手控え帳に何事かメモしていました。わたしは、気持ちとしてはA組の担任とあまり変わらなかったものの、もしかしたら、先生は俳句の材料を見つけたのかもしれないと想像していました。というのも、前の年の秋、秋田の地元紙が主催する全県俳句大会で先生の句が講師特選となったのを想起したからです。翌日、自身が句作に取り組んでいる国語科の先輩女性教師に訊ねると、それは、その句が、三〇〇人ほど投句したその大会で最高賞を獲得したことになるのだと教えてくれました。

奈良では、東大寺、法隆寺、薬師寺の三ヵ寺が、修学旅行では必ず全員で見学する重要スポットです。秋田県内には国宝は一点しかありませんが、法隆寺はそこだけで三七点もあります。薬師寺のお坊さんは、仏教の深い哲理をあたかも落語でも披露するように語って生徒たちを笑いの渦に引き込みながら人生の神髄を刹那ながら覗かせてくれるのです。

旅行隊が奈良を巡ったのはよく晴れて気温の高い日でした。夕食の折、杜沢先生が、暖かい所に来たせいか風邪の具合はすっかりよくなったと笑顔を見せましたのでわたしもホッとしました。ただ、すぐ続けて、法隆寺で財布をスられちゃった、と小声で付け加えましたのでわたしも思わず、ドジねと洩らしていました。法隆寺の正門に通じる参道の両側に並ぶお土産屋さんをひやかしている途中の出来事のようでした。気温が高く、脱いだ背広を腕に抱えて歩いている途中に狙われたらしいのです。生徒には、貴重品の扱いにはくれぐれも注意するよう厳重に言い渡してありますからみずからの失態を他言はできないのですが、わたしにだけ小さな声で白状なさったのでした。

京都では、どこの高校の修学旅行でもグループ学習をするのが普通です。旅行前に、気の合った友達同士が数人集まってグループをつくり、そのグループごとに相談して見学箇所を定めたうえで京都のそこここの名所旧跡に赴くのです。

グループ行動日の朝、杜沢先生がワイシャツの袖のボタンが取れたので付けてもらえないかと遠慮がちにわたしに頼みました。たやすいことなので、わたしは携帯用の針と糸ですぐに小さなトラブルを解決してあげました。

生徒たちがグループ行動をしている間は、先生たちもグループをつくって行動します。名目は、生徒たちがたくさん出かけているはずの観光スポットに足を運んで、困ったりしているグループがあればその場で指導助言するというものです。しかし、実際は秋女高の生徒に関してはそのような心配はまったくありませんので、職員同士が二、三人でお目当ての所に出かけます。その年は、学年主任が浄瑠璃寺を見学したいとの意向を洩らし、杜沢先生がそれに倣いましたのでわたしも便乗することにしました。国宝の九体仏で知られるその寺院は三人とも参観した経験がなかったのです。参拝を終えたあと庭を散策しながら三人で写真を撮り合いましたので、杜沢先生とわたしの二人だけが並んだ一枚も出来上がりました。わたしはそれをその修学旅行関係の写真の最初に貼っておきました。

修学旅行前から、杜沢家では杜沢先生が運転してスーザンを田沢湖や男鹿半島など県内の観光地に連れて行ってくれていることはわたしも本人から聞いて諒知していました。ただ、十和田湖はまだのようでしたので、旅行から帰って二週間ほどしたところで、開校記念日の休みを利用し、一泊二日の予定で十和田・八幡平の紅葉をスーザンに見せに行かないかと声をかけてみました。ちょうど見頃ですし、母の遠縁の者が関わっているユースホステルを利用できるので費用も割安です。杜沢先生からすぐ快諾の返事があり、スーザンと杜沢夫妻とわたしの四人で全域総紅葉の国定公園の秋を満喫してきました。

泊をともなったこの小旅行中に、杜沢夫人が結婚指輪を嵌めているのがわたしの目に留まりました。杜沢先生が指輪をしているのを見たことがないので奇異に感じたのです。わたしの両親に結婚指輪はありません。そうした風習が一般化する前の話ですからこれはごく自然です。婚約中の兄と相手の女性はどちらもいつも指輪を着けていて仲のよさを見せつけています。杜沢夫妻の指輪の問題に、わたしは夫婦関係の多様さのようなものを意識させられた思いでした。

翌一一月の中旬、NHK教育テレビの複数のスタッフが来秋してスーザンの日常を取材していきました。学校生活と家庭生活です。この模様は一二月上旬に二〇分番組として全国放送され、わたしは二年B組の生徒全員及び杜沢先生などの関係者とともに会議室で視聴しました。

冬休みに入って程もなく、スーザンが秋田女子高を離れる日についてAFSから連絡がありました。一月二二日ですからあと一ヵ月足らずです。

スーザンは、杜沢先生の計らいで秋田県内の観光地はほとんど訪れましたし、修学旅行で日本の古都も見学しました。しかし、東京は通過しただけで、このあと見物する予定もありません。たまたま正月にちょっとだけ帰省した兄にそれを洩らすと、婚約中ではあるもののまだギリギリ独身の兄は、スーザンを連れてくれれば東京見物をさせてやろうと言いました。国際親善を考えてといった硬いものではなく、妹であるわたしや同期生である杜沢先生に思いをいたした結果の提案のようでした。すぐに杜沢先生に電話すると感謝と諒解のご返事をいただけましたので、兄が帰った翌々日の一月五日から三泊四日の日程でスーザンと二人東京に発ちました。東京タワーや浅草など定番の観光地をまわったほか、兄の勤め先のテレビ局にも案内してもらい、スーザンはたまねぎ型のヘアースタイルがトレードマークの人気女優や、スーザンもよく口ずさんでいる「あずさ号」という楽曲が大ヒット中の兄弟デュエットなどとも言葉を交わすことができてとても満足していました。

スーザンが秋田を離れたのは一月二二日の朝でした。学校側の配慮で、スーザンの所属した二年B組の全員と担任であるわたしを含む関係職員、ホストペアレンツの杉沢ご夫妻などが駅頭に集まり、AFSのOBでたまたま東京に出張するNHKの放送記者が同行しました。スーザンは、二日後の夜にはもう羽田から母国に飛び立つ日程になっていました。

陽気なアメリカ娘がいなくなってわたしのクラスはいささか淋しくなりましたが感傷に浸ってはいられません。すぐに最終学年に進級し、その先には大学入試や就職試験が待っているのです。

秋田女子高は一学年五〇〇人の大規模校でそのうちの九割が進学希望です。三年生になると就職コース、国公立文系コース、私立文系コース、国公立理系コースという具合にコース分けされ、わたしは国公立文系、杉沢先生は国公立理系の担任となりました。学校としても三年部としても、国公立の合格者一〇〇人が大きな目標でしたので、新年度が始まると同時に進学指導により力が入るようになり、杉沢先生もわたしもそれぞれの持ち場で全力を挙げるようになりました。

翌年の元旦、わたしはいつもより二時間も遅く起きて居間に降りていきました。待ちかねていたように母が、開いたままの地元紙をわたしに示しました。そこには、県紙を自称する新聞社が毎年実施する新年文芸コンクールの短編小説の部の最優秀作品が挿し絵入りで掲載されており、一五枚だというその小説の作者が杜沢先生であったのです。母も父もすでに読み終えており、いたく感動した様子でわたしに一読を勧めましたので、わたしは顔も洗わずにその作品を読みました。小学生が主人公の、一種の教育小説と言える作品で、ヒューマニズムに基づく作者の教育観がよく出ていました。高校教師のわたしも感動しましたが、小学校教師の経験を有する両親がわたし以上に感銘を受けたのももっともだと納得しました。杜沢先生が俳句だけでなく、小説にも取り組んでいるのをわたしはこのとき初めて知りました。

元日早々の明るいニュースに接してわたしは、秋女の大学進学もよい結果になるのではと期待しましたが、生徒たちはその期待に見事に応えてくれて、三月末には国公立の合格者がちょうど一〇〇人に達しました。女子だけで一〇〇という数字は全国的にも多くはなかったので、三年部はもちろん、学校全体がひとしきり充実感を味わったものでした。

その年の春には兄が結婚し、翌年秋には長男に恵まれてわたしは初めて叔母さんになりました。甥っ子は、『論語』に出てくる志学（しがく）を入れ替えた形で学志（がくし）と命名されましたが、その半年前には杜沢先生の母違いの妹さんの産んだ赤ちゃんが吉昭と名付けられていました。祖父の吉朗、伯父である自分の吉彦の一字を受け継いだのだというのは杜沢先生が説明してくれました。ただ、吉昭ちゃんの父親は正式の結婚も吉昭ちゃんの認知も拒否したため、吉昭ちゃんの母親はシングルマザーとなってしまいました。

秋田女子高に四年間務めただけで杜沢先生は新設の秋田城西高校に転出してしまいました。当時は生徒急増期で全県的に高校の再編成が行われ、秋田市の北に隣接する町にも一学年八クラスの大規模校がつくられたのです。三年計画で生徒、職員が充足され、杜沢先生は三年目のスタッフの一員として配置されたのでした。

杜沢先生とわたしが公的に接する場はまったく無くなりましたが、個人的には、その気になればいつでも会うことが可能でした。先生は奥様と、わたしは母親と二人暮らしですから、それぞれ結構自由に時間がつくれましたし、経済的にも特別問題はありませんでした。事前に先生から電話があり、日中は喫茶店などでお茶を飲んだり、夕方から夜にかけては食事を共にしたりという具合で、二ヵ月に一回ぐらいは会っていました。保健婦の杜沢夫人は当時は県庁勤務で残業などもあるらしく、そんな日は先生が一人で夕食という事情になるのでわたしを誘ったようでした。わたしは、自分が妻ならあらかじめ夫の晩ご飯を準備しておくのにと思ったものですが、もちろんそれは口には出しませんでした。

話題はスーザンの思い出話が多かったものの、それ以外にわたしの方からは秋田女子のその後の様子、先生からは新設校ならではの出来事や苦労などが多く語られました。わたしは新設校にまったく勤務した経験がありませんので、そうした話柄は教師として少なからず興味がありました。先生が、自分の甥を妹さんの家から連れ出し、他家の陰に隠れて待っていたわたしに抱っこさせてくれたことも何度かありました。そんな時、わたしは千葉にいる兄の長男に想いを馳せてもいました。二人は同じ年に生まれているので、可愛さもまったく同じだったのです。杜沢先生と逢っている事実をわたしはほとんど母に告げていませんでしたが、赤ちゃんを抱いてあげたことだけは多少脚色して伝えました。子ども好きの母からは、杜沢先生の諒解さえ得られたら、わが家にも見せに連れて来なさいとの反応が返ってきてわたしを喜ばせ安心させました。

そうした世間話的な世界とは別に、杜沢先生とわたしはもう少し深いところで通底している部分のあることも判明しました。小説などを書いているので杜沢先生は国文学が専門なのだろうとわたしは勝手に思い込んでいました。しかし、先生の卒業したT大文学部は国文学と国語学の二つの学科に分かれており、先生が学んだのは後者でした。国文学科と言えば日本の文学を勉強する場ですが、国語学科は日本語そのものを勉強する場です。つまり、国語学は言語学の一部なのです。T大は、英語分野も英文学と英語学に截然（せつぜん）と区別されているのだそうです。

わたしが卒業したのは秋田大の学芸学部で、そこには英文学と英語学の学科の区別といったものはありません。ただ、わたしが卒論のテーマに選んだのは英語の音素ですので、これは明らかに英語学に属します。要するに杜沢先生もわたしも、日本語と英語の違いはありますが、両方とも言語学の一部を勉強していたのです。

わたしは、大元となる言語学についてはほとんど何の知識もありませんが、杜沢先生はそちらの方も結構勉強していたようです。世界的に有名な言語学者の著作をロンドンの出版社から取り寄せ、国語学科のお仲間と一緒に自主的な勉強会を開いていたそうなのです。わたしがその分厚い原書を借りてページを繰ってみると、そこここにアンダーラインが引かれ、書き込みがありました。わたしはほぼ一年間それを借りっぱなしの状態で勉強させてもらい、言語学の基礎的な知識を自分の中に吸収していきました。

杜沢先生は、国語教育の充実のためにはもっと国語学の知見を活用することが大事だと強調し、わたしも、英語教育分野でも同じようなことが言えると悟らされて、何か同志的な絆のようなものを先生との間に感じていったのでした。

高校の運動各部の連携組織は高体連（全国高等学校体育連盟）です。文化部のそれは高文連（全国高等学校文化連盟）で、都道府県持ち回りで全国大会も開催されています。杜沢先生が秋田女子を去った翌年の秋、わたしが顧問を務める琴部が、金沢市で行われた大会への出場資格を与えられましたので、一五名の部員と一緒に文化の香り高い古都に赴きました。全国から集まった生徒や関係者など千人に近い観客の前での演奏でしたが、秋女の琴部は落ち着いて日頃の練習成果を発揮してくれました。基本的に秋女生は本番に強いのです。

大会終了後に兼六園公園を訪れるなどちょっとした観光もし、部員たちは家族や友達などへ思い思いにお土産品を買い整えていました。わたしは、杜沢先生に何かと思案したのですが、男性にプレゼントした経験がないせいか適当なものが思いつかず、結局、母のためのお菓子と同じにしてしまいました。母からは色気がないとあきれられたものの、先生からは感謝とねぎらいのお言葉をいただけたのでわたしは満足でした。

第五章　テスティング

杜沢先生が秋田城西に転出して三年目の春、わたしもその城西高校に転勤になりました。秋田女子での勤務が七年に達して〝異動適齢期〟になっていましたので、もしかしたらどこかにと予想はしていたものの、城西とは思いもよりませんでした。両親は、杜沢先生とまた同じ職場になってよかったと喜んでいます。その点はわたしにとっても歓迎なのですが、わが家から秋田城西となると通勤が結構面倒です。一五分ほどバスに揺られて秋田駅に出、そこからまた一五分ほど列車に乗って秋田から北に三つめの駅で降りたあと、二〇分ほど歩いて職場に着くという経路になります。秋田女子は自宅から徒歩一〇分ですから、通勤に要する時間やエネルギーはまるで違ったものになるのです。わたしはいささか憂鬱になりましたが、わがままは言っていられません。二、三日かけて定期券や歩きやすい靴の購入などを具体的に考え始めたころ、杜沢先生から思いがけない電話がありました。わたしさえよければ、出勤時も退勤時も自分の車に乗せてくれるというのです。

先生の現在のお住まいから秋田城西まではほとんどが国道を走ればよいので運転も楽なのだそうですが、ちょっとだけ回り道をすれば途中でわたしを拾ってくれることが可能だからと説明してくれました。それでもわたしが、先生の通勤時間が長くなってしまうのではと心配すると、それも、利用する道路の一部を変更すれば、長くなるのはせいぜい五分だと説得してくれました。秋田市で生まれ育った杜沢先生は、県北出身のわたしなどよりはるかに道路に詳しかったのです。

母に杜沢先生からの話を伝えると、母は、先生にご迷惑をおかけするけれども、大変ありがたいことだとすぐ賛意を表してくれました。わたしから職場での先生のあれこれを聞いたり、甥御さんへの対応ぶりを耳にしている間に、母はいわば杜沢先生のファンになっていたようでした。

わたしの転勤と同時に定年退職になった父は必ずしも賛成ではありませんでした。三〇を過ぎているとはいえ、未婚の女性が年齢の近い男性と毎日車の中で一緒にというのはどうもといった理由のようでした。それを察したのかどうか、一日置いて追加の電話がありました。わたしを乗せた後、さらに教務主任も乗せて職場に向かうことにしたいと言うのです。教務主任は、かつて杜沢先生が憧れていたT大英文科の先輩でした。城西高校に赴任したのは昨年ですが、バス通勤で苦労しているのを杜沢先生は一年間気の毒に思っていたらしいのです。わたしを乗せることによって変更するルート上にちょうど教務主任宅があるので、どうせならわたしと一緒にと考えたのだそうです。この件についてはすでに主任にも通じていると付け加えましたのでその旨を父に告げると、それなら安心ということで父の理解も得られ、わたしは新年度早々から、教務主任と一緒に杜沢先生の車に便乗して職場に通い始めました。主任は英語科の先輩教師ですので、城西高校の英語について何かと教示を受けることができ、そういう意味でもわたしにとってはありがたい通勤時間帯になりました。杜沢先生はクラシック音楽が好きで、車内にはいつもクラシックの名曲が流れており、やはりクラシックファンという主任は、杜沢先生の選曲はなかなかのものだと褒めておられました。

先生はクラシックの中でもベートーベンが大好きで、ちょうどその頃おい、第九交響曲「合唱付き」を背景にした小説を構想していたようです。偶然でしょうが、その時期に秋田市で第九の演奏会が計画され、合唱団は市民からの公募になっていて、先生はそこに申し込まれました。五月の連休明けから練習が始まり、一二月上旬に演奏会が行われたのですが、わたしは母とともにそれを鑑賞しました。オーケストラとコーラス隊合わせて二〇〇人超が舞台に上がり、観衆も千人に達する大規模な演奏会でしたが、母は最初から最後まで杜沢先生だけを見ていたと言ってわたしを苦笑させました。先生は、ベートーベンの音楽世界の一滴になれたと感動し、そのすなおな感動はわたしにまで伝わってきました。

合唱団は原語つまりドイツ語でうたったのですが、先生が学生時代に選択した第二外国語はフランス語でした。わたしのそれはドイツ語でしたので、問われるままに歌詞の発音やちょっとした文法などを教えてさしあげ、わたしもほんの少しばかりフランス語の初歩をあそび感覚で手ほどきをしてもらいました。英語とドイツ語は言語学的に兄弟ですが、フランス語は他家の人になるのでなにか新鮮な感じでした。

わたしは、壮麗な「第九」もさることながら、ドイツ語・フランス語を介しての小さな交歓のひと時の方が忘れがたい思い出になりました。

わたしの城西転勤は順調にスタートしたのですが、退職間近いころから体調を崩していた父の容態が悪化の傾向を見せていました。父は、定年退職したら野山に出かけてたくさん写真を撮ると宣言し、一年も前に高級なカメラを買い整えて楽しみにしていたのです。しかし、実際は庭の植え込みを被写体にするのがせいぜいでした。腎臓機能が低下して、定期的に通院治療を受けていますが、回復ははかばかしくない様子でした。

秋田城西に移って二年目、わたしは一年生の学級担任を命じられました。男女半々の標準的なクラスです。杜沢先生は三年の担任でしたが、わたしのクラスの古典を担当する時間割になっており、その点はわたしにとって心強いものがありました。

わたしの受け持った四八人のなかで、村本宗助という生徒が担任初日から気になりました。表情、とくに目許が暗くて、この年代に特有の溌剌さがどこにも感じられないのです。入学試験の成績は中位でクリアしてきているので頭はわるくないはずですが、どこか性格的な歪みがあるように思われるのです。このままでは何か問題を起こすのではないかとわたしはひそかに心配していました。

その心配が、五月の連休明けに早くも顕在化しました。校地裏の松林の片隅で喫煙しているところを体育科の職員に見つけられ、一週間の停学処分になったのです。自分の担任している生徒が停学の処分になったのは教師になって初めてでしたので、わたしは少なからずショックを受けました。宗助本人の指導はもちろんですが、母親にも来校してもらって更生への協力をお願いしました。宗助の両親は宗助が小学生の時分から別居状態になっているそうで、来校したのは母親であったのです。

指導の効果があったようでそれからは落ち着いていましたが、夏休みの最後の日に、今度は、私服ながら秋田駅前をくわえタバコで闊歩しているところを婦人警官に補導され、その事実はすぐに学校に通報がありました。休み明け早々の職員会議で、二度目でもあるので今回は停学三週間、あわせて、もし三度目を起こしたら自主退学も考えてもらうという処分内容になりました。本人はそれほどでもなさそうな印象でしたが、わたしとしては最後通牒を突き付けられたような感じでした。卒業までまだ二年以上あるのにと思うと気持ちの凹むのを覚えました。宗助の停学期間中は、わたしのほか、学年主任、一年部の生徒指導部担当者などが適宜家庭訪問して、謹慎中の宗助の指導にあたりました。宗助の家は、杜沢先生の実家の近くにあって、地理的なことについては、杜沢先生から助言を受けることができました。

三度目は無いとわたしは願望を込めて信じていましたが、それが、北の山々から雪のたよりが届き始めていた晩秋の午後、宗助がよりによって校舎内で喫煙しているのをわたしが発見したのです。場所は、英語科がヒアリング指導のために使用する特別教室でした。たまたま、同僚教師と連れ立って教材用のテープを取りに室内に入ったら、押された扉の陰になるような位置に宗助がしゃがんでいたのです。

「おやおや、宗助君は今日はここでイップクか」

わたしと同時に本人を見つけた同僚が揶揄するように言い、

「安土先生も苦労が絶えませんねぇ」

とわたしを振り返りました。

瞬時に状況を察したわたしは、

「申し訳ありません」

と、まず同僚教師に頭を下げていました。一瞬、見逃してほしいという気持ちが走りましたが、それが叶わないであろうことはすぐに理解できました。相手は学年部の生徒指導担当の職員なのです。

「それじゃ、この件については後刻」

それだけ言うとその教師は、壁際の戸棚から目当てにしてきたらしい書籍を一冊取り出して、あとは部屋の外に姿を消してしまいした。放課後にでも生徒指導部会を開き、学校の日程と照らし合わせて、早ければ明日にも処分のための職員会議という段取りがぼんやりと想定できました。

わたしは強いショッを受けていましたが、とりあえずは眼の前の生徒に対処しなければなりません。

「宗助のバカ！」

強いショックがそのまま強烈な怒気に変化して、わたしの口からは極めて乱暴な言葉が飛び出していました。

宗助は何も言わずにスッと立ち上がり、わたしの前に昂然と立ちはだかりました。

「三回も同じことを繰り返すなんて、この愚か者！」

瞬間的に逆上したわたしは、そう叫びながら宗助の頬を一発殴りました。

宗助の表情が急激に曇り、眼からは大粒の涙があふれています。

しまった、とわたしは思いました。が、殴った行為も放った暴言も取り消すことはできません。崩れ落ちそうになる自分をともかく支えながら、わたしは、意識してやさしく宗助の両肩に手をかけようとしましたが、それは邪慳に払いのけられてしまいました。わたしは、自分の眼からも涙がこぼれるのをこらえることができませんでした。

少し遅めになった帰宅の車中でも、宗助を殴ってしまった右の手の平が自分のものでないかのように感じられて落ち着きません。わたしが小さな声で運転席の杜沢先生にその一件を伝えると、先生はゆっくりとスピードを落として道路の左端に一時停車し、それなら途中で晩飯を食べながら話を聞こうと言って、その先の国道沿いのレストランの名前を挙げました。今の自分の胸の内を誰かに話さないうちは今夜はとても眠れそうにないと予感していたわたしは、その提案をとてもありがたいものとして受け止めました。

「宗助の件は、テスティングの典型だな」

レストランの入り口にあった公衆電話で、夕食は外食になる旨をそれぞれ家庭に連絡し、奥まったボックスに腰を下ろしたところでまず杜沢先生がそのように口にしました。

「テスティングって何です？」

英語のようですが、わたしが初めて耳にした単語です。

「文字どおり、試すという意味なんだけど」

杜沢先生は落ち着いた瞳でわたしを見返し、洋風の定食の注文を終えると、ひと呼吸おいてその説明に移りました。

美味しいはずの食事もあまりわたしの喉を通りません。通ってもほとんど味は分かりません。そんなわたしを気遣いながらも先生は、よい折に恵まれたのかもしれないと前置きして、いろいろなことを語ってくれました。

杜沢先生は、まだ秋田農業の定時制に勤務していたころ、日中の空き時間を利用して、月に一回のちょっとした勉強会に出ていた時期があったそうです。中学生から高校生にかけての思春期に特有の心理状態について教えを請う集まりです。保健婦である杜沢夫人が紹介してくれたものでした。

ボランティアで講師を務めていたのは、県の精神保健センターの所長職にあった精神科医で、受講者は、精神病院に勤務する看護師や保健師に加え、小中学校や高校の養護教諭など十数名でした。二年間続いたその勉強会で杜沢先生は最新の精神医学の基礎について多くの事柄を学びました。なかでも、アメリカのマーガレット・マーラーという女性精神科医の理論に杜沢先生はいたく興味をひかれました。そのなかに、テスティングという概念も出てきていたのです。

テスティングは、字義どおり「試す」という意味です。子どもが親がどの程度自分に興味関心をもっているか試すのです。自分に対して親が、なかんずく母親がどれぐらい目を向けてくれているかを喫煙や飲酒などいわゆる不良行為のかたちで試し、一度で足りなければ二度、三度と繰り返して親の関心を自分に向けようとするのです。そうした行動は意識的、意図的なものではなく、すぐれて無意識的、無自覚的なものなのです。そして、思春期の問題行動の多くは、その子の三歳までの育てられ方に遠因があるらしいのです。

杜沢先生はマーラー理論の骨格部分をかいつまんで解説してくれたのですが、わたしにとってはまさに〝目からうろこ〟でした。学生時代、教職免許を取得するために必要な単位として「教育心理」や「青年心理」などがあり、わたしもそれなりに勉強はしたのですが、テスティングといった概念はどこにも出てきた記憶がありません。わたしには、宗助の何も見えていなかったのです。

「わたしが宗助をなぐってしまったことは、体罰禁止という教育的観点からだけではなく、もっと根本のところで許されることではなかったのね。だって、育てられ方に問題があったとすれば、本人の責任ではないんですもの」

すっかり消気（しょげ）ていたわたしは力なくつぶやきました。

「いつでもそうだけど、こういう生徒の場合はとくにカッとなるのは絶対に禁物だよ。事態を悪化させるだけで何のプラスにもならないからね」

「分かったわ。……それにしても、マーラー理論なんて、先生は詳しいのね」

わたしは今さらのように感歎の念を覚えていました。

「いやぁ、昔ちょっとかじったことがあるだけだよ」

杜沢先生の謙遜はごく自然なものです。

「あさっての職員会議で、今のお話をしてくだされればありがたいわ。三度目だけど、ほかの先生方にもテスティングということを理解してもらえれば、重い処分は免れられるかもしれない。もともとそういった生徒に停学や退学といった処分を科すこと自体がそもそも無意味なのでしょうけれど」

わたしの頭のなかは、処分のための職員会議に向けて漸く具体的に動き始めました。宗助をきちんと立ち直らせるために、担任としてグズグズしてはいられないのです。

「どの程度の説得力があるか分からないけど、かならず僕は発言する。むしろ、いい機会ととらえるべきかもしれない」

杜沢先生は自分に言い聞かせるように、低いけれども力強く口にしました。宗助とわたしを助けたいという気持ちが強いのはもちろんですが、新設校ということもあって、生徒の非行にはとかく厳罰主義で臨んでいる生徒指導のあり方に、論理的に疑問を呈したいとの意図も働いているようにわたしには見受けられました。

　職員会議は長引きました。生徒指導部の出した原案にわたしと杜沢先生が強く抵抗したためです。指導部案は宗助に自主退学を求めるという簡単なものでした。理由も、三度目の違反になるからという単純なものです。生徒の非行は、成人による社会的な犯罪とは年齢的にも質的にも異なるのですが、どうしても刑事罰的な発想になりがちです。その方が分かりやすいし、手間もかからないからです。

　しかし、わたしは教育的な観点から、なかんずく担任という立場で、退学を強いることの非教育性、不当性を強く訴えました。にわか勉強でまだ自分のものにはなっていないと自覚しながらも、わたしなりに理解したマーラーの考え方を援用しながら、刑事罰的な処分の仕方そのものが間違っており、生徒の更生にはほとんど役立たない旨を自分なりに力説しました。

　杜沢先生が、わたしの足りない部分を補う形で、夕食を共にした際には時間の関係で触れることができなかったマーラー理論のさらに深い部分まで踏み込みながらわたしを掩護（えんご）してくれました。

　長時間の議論の末、わたし達の熱意は一定の理解を得ることに成功して、教務主任を含む他の教師から応援の発言などもありました。

しかし、わたしはさておき、杜沢先生の発言の真意もあまりよく理解されませんでした。マーガレット・マーラーという女性心理学者の名前そのものを覚えている教師もその場にはいないと判断できました。それでも、最終的には宗助は退学を免れ、無期停学ということで決着しました。いくらなんでも喫煙三回で退学というのは社会常識からかけ離れているとの意識が、最後に一座の過半に到った結果だと思います。

宗助はなんとか退学を免れましたが、逆にわたしは、宗助の指導に特別の責任を負わされたように感じて気持ちが引き締まりました。杜沢先生の助けを借りながら、マーラー女史の教育理論を一から勉強し直さねばと思い定めました。

村本宗助はその後も危なっかしい学校生活を送っていましたが、少なくとも、職員会議で取り上げられるような問題は起こしませんでした。もしかしたら、またどこかでたばこを吸ったりしていたかもしれません。しかし、学校の関係者の目の届く範囲ではそのような事実はありませんでした。宗助は別に頭はわるくないのです。

知能指数的には問題のない宗助ですが、学業成績はいつもギリギリの低空飛行でした。長い停学期間があって授業を充分に受けていないという要素も小さくはありませんが、最大の要因は、こうした生徒は頑張りがきかないという点にあります。杜沢先生によると、本人は、頑張らなくては、努力しなくてはと、頭の中では分かっているのですが、それを行動化できないのだそうです。このような生徒を外から見て努力不足と評するのは、現象としてはそのとおりなのですが、本質はまったく理解できていないということになります。

年度末を控え、宗助が二年に進級できるかどうか微妙な情勢で、ほとんどすべての科目が学年末試験の点数にかかってきました。わたし自身の担当している英語と杜沢先生の国語はなんとかなりそうですが、それ以外はどうもはっきりした見通しが立ちません。とくに数学が難題です。

わたしは、選挙戦の事前運動よろしく、各教科担任からの情報収集と宗助の売り込みに精力的に取り組みました。というのも、進級できるか落第になってしまうかは、ペーパーテストの結果に普段の授業態度なども加味して判定される決まりになっているからです。

客観的に見れば、プラスしてもらえる要素など少ない宗助ですが、それでもわたしは、宗助は本来やさしい心根の持ち主であることや成育環境に恵まれなかった事実などを強調して、多くの教科担任の同情を得ることに成功していきました。

そうしたなかで、数学一科目だけはどうにもならないことが明瞭になってきました。わたしのクラスを担当する謹厳実直な数学教師は、万事が四角四面です。学業成績はペーパーテストによってのみ判定されるべきというのが持論です。授業態度などの平常点は、本人の責任によらない怪我や病気等のために準備されている制度で、宗助のような事例には適用にならないと主張し、もし適用するとすれば、宗助の場合はマイナス点にしかならないと断言する始末です。

秋田城西ではどの教科目も三〇点未満は赤点（不合格点）と定められています。赤星というその数学教師は、数学のテストなのに解答のなかに漢字やひらがなの間違いがあると減点するなど容赦なく赤点を出すことで知られ、生徒たちが、苗字と掛けて「赤点魔王」と綽名（あだな）している裏話は杜沢先生が教えてくれました。

わたしが、学年末試験の始まる二週間ばかり前、赤星教諭に丁重に宗助の個人指導を願い出たところ、私の数学は普段の授業さえちゃんと聴いていればすべて理解できるはずだと言って、まったく取り合ってもらえませんでした。

このままでは、宗助は数学の単位は取れそうにありませんし、数学は必修科目ですから、単位を落とすとそのまま落第につながります。具体的な対策が思い浮かばないままあれこれ頭を悩ましていると、翌週の月曜日からテストが始まるという前の週の金曜の午後に、わたしは校内電話で、杜沢先生から図書室に呼び出されました。

「これを、宗助のために使ってくれ」

杜沢先生が、ぶっきら棒にＢ４判の印刷物を一枚わたしの前に差し出しました。

驚きました。三日後に行われる一年生の数学のテストの問題そのものです。わたしは思わず周囲を見回しました。誰もいません。

「これ、どうしたの？」

数学の教師でもなく一年部の所属でもない杜沢先生の突然の行為にわたしの訝しさがつのります。

「何も訊かずに、宗助のために役立ててくれ」

杜沢先生が、上司が下僚に指示するような口調で繰り返しました。

「今の宗助を救うには、この学校ではこれしか手段がないのだ」

断定的で、いつにない命令口調です。

「でも……」

わたしは言い淀みましたが、頭は素早く回転し始めていました。

「明日と明後日の土・日を利用して、宗助を君の自宅に呼ぶとか、緊急の家庭訪問をするとか……。そこは君に任せる」

「コピーを取ってもいいかしら？」

「それは駄目だ。絶対に駄目だ。コピーするのは君の頭の中にだけだ。もちろん、試験が終わったらその問題用紙は直ちに破り捨てて欲しい」

杜沢先生の表情はいつになく厳しいものになっています。

「本当に大丈夫なの？」

「絶対大丈夫だ。そのプリントの出所は僕以外の誰も知らない。出題者さえ知らないんだ」

わたしの懸念を杜沢先生は完全に払拭してくれます。

「ありがとう」

わたしは頭を下げて短く礼を述べ、改めて相手を見つめ返しました。

「村本宗助はこれで大丈夫だと思うけど、笹原和雄の方は大丈夫かい？　なんなら、二人一緒にということもありうるが。ただし、時と場所はそれぞれ個別にだよ」

杜沢先生は新しい生徒の名前を挙げました。あらかじめ考えてくれていた様子です。

「和雄も大丈夫ではないわ」

わたしの頭はすぐそちらにも及びました。

宗助ほどではありませんが、和雄の数学の成績もかなりの低空飛行です。

笹原和夫は柔道の力量を見込まれて入学してきた生徒です。本人の入学試験の成績は、通常では不合格になる点数ですが、合否判定の職員会議の際、柔道部や体育関係の教師が強く推して、一番最後に合格圏内に到達した生徒です。柔道で好成績を挙げて学校を盛り上げてくれる選手だというわけです。運動部以外でも賛成する教師が何人かおり、入学後は自分の担当教科で積極的に支援するといった趣旨の発言をしました。

しかし、実際に入学してみると、積極的に応援してくれる教科担任などはほとんどおらず、柔道の練習に多くの時間が取られるほか、もともと学力が低かったせいで日常の授業になかなかついてこられない状況です。村本宗助と同様、とくに数学は苦手で危険水域にあります。学力は低いけれども柔道での活躍に期待できるからという観点で入学させた生徒ですから、不足な学力は学校として補ってやらねばならないのですが、そうした措置は一切講じられておらず、すべて学級担任まかせという形になっています。そういう状況をよく承知していて杜沢先生がきわめて具体的に助け舟を出してくれたのでした。

試験は三日後です。ぐずぐずしてはいられません。少考して、わたしは杜沢先生の提案に甘えることにしました。村本宗助と笹原和雄を救うには今はこれしかないとわたしも判断しました。もし露見すれば重大事態になるのは重々承知ですが、杜沢先生もそれを認識しているから問題用紙の出所を明らかにしないのでしょう。もしもの時は自分ですべての責任を負うという覚悟ができているのだと理解できます。かりにこの措置が白日の下にさらされるようなことがあったとすれば、その時はわたしも杜沢先生と同等の責任を取らねばならないのだと強く自分に言い聞かせました。

その夜、わたしは村本宗助と笹原和雄にそれぞれ電話して、宗助は土曜日の夜に自宅に招き、和雄の方は日曜の午前中に家庭訪問する手はずを整えました。もちろん、宗助の場合は母親、和雄の場合は父親の諒解を得ました。急な話で和雄の父親はいささか疑念を抱いたようですが、わたしが、翌日のテストに関わる件でと話すとすぐ納得してくれました。自身が市立実業高校の教師なので、それなりに感じ取るものがあったようでした。笹原家は市の東の郊外でちょっと遠いのですが、杜沢先生が車を出してくださり、わたしの用事が済むまで、笹原家から少し離れた空き地で待っていてくれました。

今回の数学のテストは大問が五問で、それぞれにいくつかの小問があります。わたしはそれらをきちんと自分の頭の中にコピーし、それに似た問題を数字を変えてそれぞれ二人の生徒に解かせました。満点を取ると怪しまれますので、満点には到らないけれども単位修得には漕ぎつけられるという範囲で練習させました。直前のテスト勉強ということで二人とも集中してわたしの出した問題に取り組んでくれました。

結果は目論見どおりでした。危なっかしいながらも二人とも数学の単位を確保して無事二年生に進級しました。組替えがあって両者ともにわたしのクラスの構成メンバーではなくなりましたが、この間の一連の折衝を通じて、わたしは杜沢先生に深い感謝と敬意を抱きました。

翌年の厳冬期、まだ六〇代の父が他界しました。定年退職の前後から腎臓が充分に機能しない状況が続いていて入退院を繰り返していたのですが、結局完治することのないまま宝土に還ってしまったのです。葬儀は秋田藩主・佐竹氏の菩提寺である天徳寺で行われました。千葉在住の兄が一時帰宅して喪主を務め、秋田城西の英語科職員のほか、杜沢先生なども個人の資格で参列してくれました。葬祭行事一切が済んでしまって初めて、わたしは、わが家は母とわたしだけの淋しい女二人暮らしであることを実感しました。

そうした事情も考慮したのでしょう、兄はお盆やお正月には必ず家族連れで帰省しました。その際にはまだ三歳の長男・学志も必ず姿を見せますが、母は孫が可愛くてたまらず、あれこれ孫の世話をすることが最大の楽しみのようでした。わたしも、たった一人しかいない甥っ子なので、勤務のない日は母と一緒に遊び相手になってあげたものですが、そうした歓待が気に入ったようで、甥っ子は幼稚園の夏や冬の長期の休みなどにもやって来るようになりました。親が羽田まで長男を連れていくとあとは航空会社のスタッフが機内での面倒を見てくれ、秋田空港で、迎えに行ったわたしや母に引き渡してくれますので、親がついていなくても秋田に来ることができたのです。航空会社で考えたジュニアパイロットとかいう制度でした。

母とわたしは、孫であり甥っ子である学志とよく遊んでやりましたが、所詮は祖母と叔母です。母は六〇歳を超えており、わたしも三〇代半ばで、幼児の最適な遊び相手とは言えません。隣近所にも今は幼な児が見当たりませんのでどうしたものかと思案し、杜沢先生にちょっと洩らしてみたところ、それじゃ自分の甥・吉昭を紹介すると言って、そのあとの最初の日曜日には早速わが家に連れて来てくれました。

杜沢先生の母違いの妹さんがシングルマザーになった事実は先に述べましたが、妹さんは後に別の男性と結婚しました。その際、吉昭ちゃんを実子として入籍してくれたので、戸籍上は何の問題も発生しない形に収まりました。その一年後に吉昭ちゃんの弟が生まれたため、両親の関心はどうしても赤ちゃんの方にそそがれがちで、吉昭ちゃんまではあまり目が行き届いていない様子です。杜沢先生はそこに着目したのです。偶然ですが、そのころ学志の母親も第二子を身ごもっていましたので、一時的ながら、学志も吉昭ちゃんと似たような状況に置かれていたと言ってよいかと思います。

学志にとって吉昭ちゃんはとてもよい友達になってくれました。年齢で言えば同じなのですが、吉昭ちゃんの誕生日が半年ほど早いので、万事積極的で行動的な吉昭ちゃんが、少々引っ込み思案な学志をリードしてくれるように見えました。母とわたしは吉昭ちゃんをヨッちゃん、学志をガクちゃんと呼び習わしていましたので、幼い二人もお互いをそのように呼び合っていました。杜沢先生は、「ヨッちゃん」は子どもだったころの自分の呼ばれ方と同じだと言って懐かしがっていました。先生の下のお名前は吉彦なのです。

男の子が二人なので、普段は母と二人きりのわが家は、長期休みの期間中はとても賑やかになります。家の中でトランプやカルタなどをしたり、小さな池のある庭に出て鯉に餌をやったり草花を摘んだりといった遊びが中心でした。夏場だと、手花火は毎日でした。近くの墓地公園に足を運んで虫追いに興じたり小鳥のさえずりを楽しんだりする日もありました。子ども向けの映画にもよく連れていったものです。

母と二人のときの食事はすべて母が準備していましたが、年寄りの自分には子どもたちに合う料理がよく分からないと言って、その期間の食事はほとんどわたしが準備しました。唐揚げ、ハンバーグ、カレーライスなど、子どもたちが好物にしている食品が日替わりで食卓に上りました。ヨッちゃんもガクちゃんもほとんど食べ残すことがありませんでしたので、作るほうも作りがいがありました。普段は少食の学志もヨッちゃんと一緒だと対抗するように食べるので、母も目を細めていました。

夜は、母は一人自分の部屋で床に入りますが、子どもたち二人とわたしは二階の座敷です。わたしを真ん中にして両側にヨッちゃんとガクちゃんという具合にしましたので、変形の「川」の字になっていました。もっとも、朝目覚めると一画目も三画目もてんでんバラバラな方向を向いてしまっているので、もはや川の字とは言えない状態ではありましたが。

子どもたちを連れてどこかに出かけるときは大抵は杜沢先生が車を出してくれました。

緊急な場合にはヨッちゃんのお母さんにもお願いしました。小学校に入った年の夏休みだったと記憶していますが、子ども向けのアニメ映画が評判になっていて、午後からそれに連れて行きました。ポップコーンなどをポリポリしながら二人はスクリーンに目を凝らしていたのですが、突然、ヨッちゃんがお腹が痛いと言い出しました。症状は強くなっていく様子で半分泣き顔になっています。わたしは慌てました。昼に食べさせたラーメンの食当たりか何かなのでしょうか。すぐにお医者さんに診てもらう必要があります。とりあえず杜沢先生に電話すると、子どもの病気は親でないとうまく対応できないから母親に連絡して映画館に行かせるとの返事がかえってきました。ヨッちゃんの症状はますます悪化していくようでわたしは気が気でありませんでしたが、二〇分ほどしたところでお母さんが車で駆けつけ、そのまま掛かりつけの小児科に急ぎました。

夕方こちらから電話して確認すると、ヨッちゃんの腹痛の原因は俗に言う「糞づまり」で、浣腸してもらったらたちまち治ったのだそうです。小児科を出るとき、すっきりしたヨッちゃんが、このままガクちゃんの家に帰りたいと希望したそうですが、今夜だけは自分の家で過ごしなさい、明日改めて連れていくからと説得してようやく納得させたのだそうです。ヨッちゃんの病気が簡単なものであったことを喜ぶと同時に、ヨッちゃんがそれほど学志と会いたがっており、わが家に来たがっていると知って、わたしも母もほほえまずにはいられませんでした。

家から外に出ると言っても、最初のうちは動物園、映画館、ショッピングモール内の遊技場といった程度でしたが、学年が進むにつれて、杜沢先生は運転の範囲を広げ、子どもたちをさまざまな場所に連れ出してくれるようになりました。

最初は、男鹿半島、田沢湖、十和田湖など県内の景勝地です。季節による違いもありました。夏場は海水浴場、冬場はスキー場などです。しかし、自然を相手にしているだけでは子どもは充分に育たないといったようなことを先生が言って、随時、博物館や美術館なども加わるようになり、大きくて総合的なところはもちろん、小さな記念館などにも車を走らせました。作曲家・成田為三を顕彰する「浜辺の歌記念館」や南極探検家・白瀬矗の壮挙を偲ばせる「白瀬矗記念館」といった具合です。

子どもたちは大いに気に入った場所もありましたがまったく興味関心を示さない施設もありました。ただ、往復の車内や昼食時はいつもにぎやかでした。車内でのとりとめのないおしゃべりは尽きることがなく、仔犬がじゃれ合うように身体を触れ合ったりしながら、後部座席で際限なく二人の時間を過ごしていました。

昼食はドライブインやレストランが多く、好きなものを食べたいものを何でも自由に注文して食べさせるようにしていました。普段は少食な学志もここではヨッちゃんに負けられないとの意識がはたらいているのでしょう、ゆっくりながらも何とか最後まで食べ切るようにしているようでした。ラーメンなどの場合は、逸早く食べ終わったヨッちゃんが学志のドンブリを眺め、ガクちゃん残してもいいよ、オレが食べてやるからなどと声をかけている場面も何度かありました。

三、四年生くらいまでは行動範囲は県内に限られ、すべて日帰りでしたが、五、六年生になってからは県外まで遠出しました。必要があれば一泊か二泊もしてきます。岩手県では小岩井農場、龍泉洞、遠野、三陸海岸、青森県では浅虫水族館や太宰の斜陽館と津軽半島。ネブタ祭りの見学などもあります。宮城県では鳴子、作並、T大などを巡りました。T大は杜沢先生とわたしの兄の母校なので、その雰囲気を味わわせるといった意味合いがありました。ただし、二泊三日のこの旅行は、杜沢先生の取材を兼ねたものでもありました。先生は、学生時代に仙台から秋田までの三〇〇キロを徒歩で帰省した経験があり、それを小説化するということで、昔を思い出すために出かけた小旅行でもあったのです。

二人を連れ出すとそれなりの経費がかかりますが、車の運転とガソリン代は杜沢先生、それ以外の一切はわたしが受け持ちました。泊を伴う場合は、母が餞別をくれるのが慣わしでした。

学志にヨッちゃんというすてきな友達ができたというのはわが家にとってはとてもあり

がたいことで、母もわたしも諸手を挙げてヨッちゃんを大歓迎しましたが、わたしの気持ちにはどこか引っかかるものがありました。杜沢先生がわが家とヨッちゃんの関係をどのように奥様に伝えてくれているかということです。泊まりがけで他家の家族と出かけるにはそれなりの説明が必要ではなかろうかと想像できたからです。二人が四年生になって間もないころ、わたしがその点をそれとなく話題にしたことがありました。しかし先生は、家内は吉昭をどこの誰の子か知れない子どもだと言ってまともには相手をしてくれないとポツリつぶやいただけで、あとは何も語ろうとはしませんでした。ヨッちゃんが杜沢夫人には認められていないらしいのは察知できましたが、わたしがそれ以上に立ち入るのは大変失礼な仕儀になると判断して、以後その問題には触れないようにしました。杜沢先生もそのようでしたが、わたしも、基本的には二人の子どもたちが楽しければそれでよいのです。子どもたちが楽しそうにしていることでわたし達大人二人も癒されていたのでした。この間に村本宗助と笹原和雄の二人も無事に卒業までこぎつけ、宗助は秋田市内の商事会社、和雄はスポーツ推薦で東京の私大にそれぞれ進んでいきました。

二人の甥っ子や生徒たちのそうした動きのなかで、杜沢先生がわたしに運転免許の取得を勧めました。当時は一校の平均勤務年数が七年でしたが、杜沢先生は秋田城西ですでに六年目に入っており、翌年にも転出してしまう可能性があります。先生が転出してしまうとわたしはバスと列車を乗り継ぐ不便さを余儀なくされるのです。同乗していた教務主任がその春に教頭として栄転していったため、毎日の通勤は先生とわたしの二人だけの形になり、先生は周囲の目を気にし始めたようにも見えました。

機械やメカの苦手なわたしは、最初は車の運転に無関心でした。しかし、杜沢先生がいなくなった状態を考えるとやはり免許は取得しておくのがよさそうだとの思いが次第に強くなっていきました。夏休みが終わって学志が自分の家に帰り、子どもたちのために車が必要なくなった秋に、わたしは杜沢先生が手配してくれた自動車学校に通い始めました。

自動車学校での実技講習の最初の日、わたしが、わたしは自動車については何の知識も持ち合わせていませんと言うと、五〇がらみの男性教官は、これがハンドル、これがタイヤといちいち指さしながら教えてくれました。わたしは内心微笑を禁じえませんでしたが、これほど丁寧に指導してもらえるのであれば安心と思って何も口には出しませんでした。

通常は、自動車学校に通い始めて三ヵ月後ぐらいには免許取得に到っているようですが、わたしの場合は通常の一・五倍ほどの時間を要しました。徹底的に安全を期すため、教官が、もう大丈夫でしょうと言っても希望して補修授業を申し込んだのです。勤務時間終了後に教習所まで送り、講習の終了を待って自宅まで送り届けてくれる杜沢先生は、文学史のテキストに出てくる浪漫派や耽美派などにならって、わたしのことを「慎重派」だわたしが学科や実技の講習を受けている間、先生は教習所の駐車場でわたしを待っていてくれます。わたしは何度か申し訳ない気持ちを伝えましたが、先生は、この時間は自分の大事な創作タイムと言ってまったく意に介していませんでした。実際、講習を終えたわたしが先生の車の窓ガラスにコツンと合図するまで、ノートに何か綴っている先生が気づかないというケースは間々ありました。

免許は無事取得できましたが、積雪期に入ろうとしていましたので車の購入は春まで延ばしました。その冬も学志は来秋してヨッちゃんと遊びましたが、この冬休みは、三歳になった学志の妹も一緒に来ましたので、子どもたちは男女三人で行動を共にするようになりました。学志は『論語』の一節から取られた名前ですが、妹の時子は『源氏物語』の冒頭からのものでした。わたしの兄は父と同じく理系なのですが、案外文学も好きで、間もなく生まれてくる予定の三番目も、すでに女の子と判明しているので、こちらは『枕草子』からと公言しています。男子は中国の、女子は日本の古典からと決めているふうでした。

第六章　結　婚

秋田城西に七年間勤務した後、杜沢先生は秋田第一高校に転勤になりました。旧制秋田中学以来の歴史と伝統を受け継ぎ、先生自身やわたしの兄の母校となっている伝統校です。兄と同じ年齢なので先生は四六歳です。城西に残ったわたしは四四歳でした。

先生の異動が発表になる二ヵ月ほど前にわたしは新車を購入していました。車種は先生とまったく同じものにしました。何かの場合に、二人ともどちらの車もすぐに運転できるように配慮したものです。それまで、わが家に車を運転する人はいませんでしたので車庫というものはありませんでしたが、杜沢先生のアドバイスと母の指示で、道路側の一部を増改築してビルトイン式の車庫を準備しました。車の購入費用はわたしが出しましたが、増改築に要した金額はすべて母が支出してくれました。家の中から発車して職場の駐車所まで直通ですから、通勤は自分が運転する分の負担が増えただけでした。むしろ、初めての車の運転は結構楽しいものでした。久しぶりに、自分のおもちゃを手にしたような気分でした。

杜沢先生が職場からいなくなって何となく淋しい気分になりましたが、入れ替わる形で転入してきた教職員のうち、三人の女性教諭と急速に親しくなることができてわたしの新しい世界が開けました。英語科の遠藤紘子先生は埼玉県出身でわたしより四歳年長です。秋田に地縁血縁がないせいか、英語部会でも一年部会でもいかにも自由に発言する点がとても魅力的です。芸術科で彫刻が専門の相川久美子先生は、秋田第一高校の卒業です。杜沢先生の一年後輩だそうです。年齢はわたしより一つ上ですが学年は同期になりますのでそういう点でも話が合いました。杜沢先生の小説を何編か読んだ経験があり、同じ創作活動をしている者として注目していると話してくれました。四〇歳で未亡人となった国語科の森岡みどり先生は、杜沢先生と同じ時期に秋田女子高校で一度同職していたのですが、教科も担当学年も一緒になったことがなかったため当時は特別親しい関係ではありませんでした。年齢は遠藤紘子先生と同じです。俳句に取り組んでいて、杜沢先生に関して言えば、小説より俳句に注目しているのだそうです。最近の杜沢教諭は俳句より小説の方に力を入れているようで許せないと笑いながら言っていました。

新入の三女性とわたしは妙に気の合うところがあって、時間が合えば四人で、合わなければ三人または二人でお茶を飲んだりしました。それぞれの教科の実情、職場への不満、現下の政治情勢、女の話など話題はさまざまでした。遠藤先生とわたしが車を運転しますので、その点ではほとんど不便がなく、免許取得が予想外のところで生きたとわたしは嬉しく思いました。四人の中では一番姐御（あねご）的存在の森岡みどり先生の提案で、四人の集まりは「四つ葉の会」という名称になりました。

秋田第一に転出した杜沢先生は二年生の担任になり、秋には修学旅行の引率者の一人になりました。先生は、自分は女性に土産を買うような柄ではないがと照れながらも、鹿の角製のブローチをわたしに手渡してくれました。指輪やネックレスなど装飾品にまったく興味のないわたしも、そのブローチだけは大事なものに思われ、入学式、卒業式、それに友人知人の結婚式などには身に着けていこうと思い定めました。「四つ葉の会」で、プレゼントをもらった話を披露すると、〝姐御〟の森岡みどり先生が、杜沢先生は真弓さんに気があるんでないの、と真面目とも冗談ともつかずに口にし、彫刻家の相川久美子先生は、杜沢先生には奥さんがいますよ、ときっぱり否定しました。四人のうち森岡、遠藤の両先生は既婚者で、相川先生とわたしは独身でした。

ブローチをめぐる話はたくさんの話題の一つに過ぎず、すぐに新装開店のケーキ屋の話に飛んでいきましたが、わたしの中には小さな記憶が呼び起こされていました。

ヨッちゃんがわが家に泊まりに来るようになって程もないころだったと思います。当時、杜沢先生は秋田県北部の阿仁町(あにまち)にあった旧鉱山を舞台にした小説を構想していました。取材に出かけたいけれどどこを足掛かりにしたらよいか分からなくて困っているとわたしに打ち明けました。わたしが何気なくその話を母に伝えると母はすぐに自分の叔母の夫を出してきました。中学校の校長を最後に定年退職した後、阿仁町の教育長を務めている人物です。母が叔母に電話するとすぐに話がついて、わたしから見れば大叔父が直接杜沢先生の案内をしてくれることになり、わたしと子どもたち二人に加え母も杜沢先生の車に同乗して朝早くに出発しました。

当日、杜沢先生と大叔父は阿仁の銀山跡や、銀山の開発を指導したドイツ人技師の宿舎である「異人館」などを巡って、先生は必要な取材を終えたようでした。わたしと母と子どもたちは大叔父の家でおしゃべりなどをして過ごしたのですが、母と大叔母はずいぶん久しぶりの再会で話し足りなかったのでしょう、母と子どもたちはもう一泊するということで話がまとまりました。杜沢先生とわたしはいったん帰宅し、翌日の夕方に迎えに行くという段取りを立ててそのとおりに行動しました。

数日後、子どもたちが寝ついたのを確かめて居間に降りて行ったわたしに、母が、叔母さんがおもしろいことを言っていたとエピソードを一つ披露してくれました。杜沢先生とわたしが阿仁を離れた夜、大叔母が、杜沢先生の奥さんというのは身体の丈夫な人なのかね、と口にしたというのです。それは機会があればわたしが杜沢先生の後添いになれればとの意味合いなのは確かであったと母は断言していました。もちろん母は、杜沢夫人が病弱というのは耳にしたことがないと一笑に付したそうですが。

「四つ葉の会」雑談の中で、あるいは母と母の叔母との会話の中で、杜沢先生とわたしが妙な関係で結び付けられていたことに、わたしは不思議な感情を覚えたものでした。

中学校に進んだ学志はボーイスカウト活動に積極的に参加してほとんど秋田に来る機会がなくなり、ヨッちゃんの方はサッカー部に入って、それぞれに自分の新しい歩みを始めました。学志の代わりのように三歳下の妹・時子とさらにその三歳下の草子（そうこ）が夏休み、冬休みにわが家を訪れるようになりました。子ども好きの杜沢先生は女の子たちも可愛がってくれましたが、学志に対するヨッちゃんのような子はいなかったので、子どもたちの相手はほとんどがわたしと母でした。わたしの運転で動物園や遊園地などに連れて行きましたが、それだけでは長い休みをもてあますことが多く、長くても二週間もいるとあとは親の許に帰っていきました。

城西高校に七年勤務した後わたしは秋田中部高校に転勤になりました。城西と同じ、男女共学の普通高校です。自宅からの距離は以前の半分になりましたが、車に馴れてしまったわたしはそのまま自家用車通勤を続けました。

中部高校は城西以上に素直な生徒が多く、教師としてはやり易い学校でしたが、昼食時にたいして用事もないのに職員室にやって来る生徒が目立つのにはいささか閉口しました。わたしの向かい側の男性教師が、食事中にそんなにたびたび来たのでは安土先生がゆっくりご飯を食べられないではないかと注意すると、楽しい食事には楽しい会話が付きものです、などと答えてわたしを苦笑させました。

母校に勤務して三年目から国語科の責任者に任ぜられていた杜沢先生が、六年目に、突然、国語科主任を解かれて野球部長を命じられました。秋田第一は夏の全国高校野球大会の第一回大会の準優勝校です。その後も、春、夏合わせて二〇回甲子園出場を果たしており、進学校としては全国的にみても稀有な存在です。そこの部長ですから大変重要な役目を与えられたことになります。杜沢先生が、自分は野球に関してはまったくの素人だと固辞したところ、校長から、野球は監督やコーチがやる、あなたは全体を見ていてもらえばそれでよいと説得されて引き受けたと話してくれました。

杜沢先生が部長職に就いた年の春は一高がセンバツ大会に出場しており、先生は選手団が帰路に着く段階からその任に当たりました。前任者が三月三一日付けで転出したのでそのような変則的な就任になったようです。そのため、先生自身が責任者として甲子園を目指したのは夏の大会からですが、春夏連続出場は秋田第一としては二九年ぶりの快挙になると地元新聞などでも取り上げられましたので、当事者にはそれなりに緊張もあったようです。

夏の甲子園への出発当日、秋田駅前の広場で盛大な壮行会が行われ、わたしもその輪に加わりましたが、杜沢夫人の姿が目に入ったこともあって、先生に直接声をかけるのは遠慮しました。壮行会は誰でも参加できるので参集者が多く、夫人も夫と言葉を交わす暇はなかったようでした。選手団はそこからバスに乗って秋田空港に向かい、空路大阪に飛び立っていきました。選手たちのコンディションなども考慮して今回から飛行機にしたのだと杜沢先生から事前に聞かされていました。

一高は鹿児島県代表の私立の強豪校と対戦して残念ながら初戦で敗退してしまいました。その試合はお盆の中日に行われ、母とわたしは早々にお墓参りを済ませてテレビの前から盛んに声援を送りました。母は、まったく野球とは関わった経験がないのになぜか少年野球や高校野球のファンで、ひとりで球場に足を運んだりすることもありました。

甲子園では、大会中いろいろなグッズを販売しているそうで、杜沢先生はわが家にも全参加校の校名入りバスタオルをお土産として届けてくれました。先生は、部長職を襲って以来日ごとに日焼けが増していましたが、甲子園から戻ったときは、シャツの外に出ている部分はほとんどチョコレート色になっていました。

杜沢先生は、当然、次の年も甲子園出場を目標にしていたのですが、新チームが発足してまだ間もない六月に部長職を解かれました。翌日電話で知らせてくれたのですが、校長は解任の理由を言わなかったし自分からも訊かなかったので解職の理由は不明だと言いました。やや憮然とした声音でした。ところが、その件で一週間後にまた電話がありました。今度は教頭も侍らせた料亭での会食で校長先生が前言を撤回、やはり部長職に留まってほしい旨の要請があったのをお断りしたのだそうです。創部一〇〇年に達する野球部の長の人事を二カ月で変更し、それをまた一週間で撤回するのは学校全体の組織としてみっともないと嘆いていました。

わたしに、管理職試験を受けてみないかとの声がかかったのはその翌年の夏が始まろうとする折りがらです。自席で教頭に耳打ちされて校長室に赴くとその話でした。わたしはそれまで、自分が教頭や校長などの管理職になるというのは想像だにしたことがありませんでした。なりたいと思ったこともありません。教師というのは生徒と直に接するのが仕事であり本分であるとの固定観念に疑問が生じる余地がこれまでまったくありませんでした。わたしはそれで充分満足していたのです。

応接セットにわたしを座らせて校長は、これからは女性の時代だ。女性が活躍してくれないと社会全体のこれ以上の発展は望めない。教育界も同じで、女性が管理職として難儀してもらう時期に来ている。ついては、秋に行なわれる管理職登用試験をぜひ受けてもらいたい、と考え置いたとおりのように順序よく述べました。わたしは、校長の語調に、管理職でなければ教育者として苦労しているとは言えないという語感を感じていささか反発を覚えましたが、もちろん、それは口にも態度にも出しませんでした。校長はさらに、安土先生は初めての受験になるからこれで勉強しておくと良いと言って、分厚い書籍を二冊貸してくれました。あちらこちらに付箋がはさんであります。その付箋の部分を重点的に勉強すると合格率は上がるというわけです。校長の言い回しは、形はお誘いですが、中身は指示ないし命令です。この場で謝絶できない性質のものです。わたしは一応礼の言葉を述べて校長室を出ました。

借りた本は両方とも教育を中心とした法令集の類でした。似たような書籍が、校長経験の長かった父の書架に並んでいるので、わたしも何となく目にしていたのです。試みに付箋の部分を広げてみると、教育行政上の規則や細則などが機械的に羅列されています。わたしは、かつて杜沢先生から教わった言語学の基本やマーラー理論のような、現場の教育に実践的に役立つものならぜひ読みたいのですが、それとはまったく異なる世界の書物で、そういう意味ではいささかがっかりしました。

夕食を摂りながら、管理職試験の話を母に伝えると、母は、女性の活躍範囲が広がるのは良いことだと賛意を表しつつも、父の意向もあって娘を管理職に仕向けるような育て方はしなかったとも付け加えました。健康で楽しく平穏な人生が送れればそれで充分ということで、伸び伸びとわたしを育てたと言うのです。娘が右に傾いてくれれば自分はさらに右に寄って娘のための空間をつくったとも説明してくれました。もっとも、そういう育て方であったため、多少わがままを助長してしまったきらいがあると苦笑いもしていましたが。

その二週間ほど後に「四つ葉の会」のメンバーが集まる機会がありましたので、そこでもわたしは登用試験を話題に供してみました。真弓ちゃんが管理職になりたいのであればその道を進めば良いし、気が向かいないなら撤退の方向を考えるのも一つの道というのがわたし以外の三人の一致した見解でした。三人とも管理職にはまったく興味がなさそうでした。ただ、英語科の先輩教師である遠藤紘子先生は、登用試験を受けなさいと勧められたのは、管理能力があると認定された結果だからその点は自信をもってもいいのではないかと付言しました。秋田県の管理職登用試験は希望すれば誰でも受験できる仕組みにはなっていないのだそうです。当該の人物の所属の長の推薦によって初めて受験資格が与えられ、試験の日程や場所などはその人物だけにしか知らせないらしいのです。そう言われれば、その試験がいつどこで行われたといったことが職場で話題になったことは、すでに二〇年以上の教師経験があるのに、わたしは一度も耳にした記憶がありません。管理職登用試験を受けるには〝適齢期〟のようなものがあって、男性の多くはその時期になるとソワソワしている場合が少なくないというのが遠藤先生の見方です。先生のご主人は、学校の先生になった以上一度は校長職に就いてみたいと洩らしているそうですが、いつまで待っても一向に声がかからないので最近は諦めかけているようだと紹介してくれました。遠藤先生のご主人は、わたしが秋田大学に入学する前年に英語科を卒業していった先輩です。研究会などでは何度かお目にかかっており、人物、能力ともに大変優れた方というのがわたしの評価です。もし、そうした先輩を差し置いてわたしが管理職になるような事態が生じれば、それはどこか間違っているとわたしは感じました。

わたしが〝適齢期〟だということは、わたしより年齢で二つ、学年で一つ上の杜沢先生には当然登用試験の話がいっているはずですが、先生からはその件については一度も耳にした記憶がありません。機会を見てこちらからでもと、ぼんやり思い巡らしました。

夏休みに入っても学志はもうわが家に来なくなっています。代わりのように二人の妹がわたしたち母子をなぐさめてくれます。子どもたちは海水浴に行きたがりました。プールにしか入った経験のない彼女たちは海に憧れているのです。わたしが、自分の車を運転して二人を海の見える所まで連れていくのはたやすいことです。しかし、海水浴となると二の足を踏んでしまいます。わたしがまったくカナヅチだからです。県北の山間部で育ったわたしは、小学校の修学旅行で秋田市を訪れるまで海を間近に見た経験はありませんでした。学校にプールなどはなく、山あいなので河川はほとんどが急流で近寄ると恐怖を覚えました。そんなわけで、駆けっこには自信があったわたしも、ごく自然な流れのなかでカナヅチになってしまったのでした。

子どもたちが帰省したら知らせてほしいというのは以前から杜沢先生に要望されていたことなので電話すると、先生は早速わたしたちを秋田市郊外の遠浅の海水浴場に連れて行ってくれました。平日を選びましたので空いており、子どもたちは午前中いっぱい海に入って楽しみました。もちろん、海水パンツ姿の先生が相手になって遊んでくれました。水着そのものを持っていないわたしは日傘を差して波打ち際から眺めていただけです。

昼食が済んだ後、子どもたちが二人とも居眠りを始めましたので、わたしがさりげなく管理職試験の話を出すと、杜沢先生はちょっとびっくりした様子を見せたものの、管理職を目指すかどうかは君の気持ち次第だと、「四つ葉の会」のメンバーと同じ見解を述べました。自身には一度も声がかかったことがない由も明らかにしました。もし推薦された場合は受験してみたい気持ちはあるが、僕には推薦は来ないかもしれないと笑っていました。

晴天に恵まれ波も穏やかでしたが、わたしのこころには妙なさざ波が立っていました。杜沢先生は能力も見識もわたしよりずっと上です。その先生に声がかからなくてわたしにはかかる。遠藤先生のご主人の場合と同じような事態がより身近なところで発生しているのです。受けたい人は誰でも平等に受けられるのではなく、上司の推挙があった者だけしか受験できないのでは公平な試験とは言えないのではないか……。わたしの中から、教頭先生が貸してくれた参考書で勉強するという気持ちが消えていきました。

当然ですが、秋に行われた試験は不合格でした。一〇〇人近い受験生と一緒に受けたのですが、中に秋田大学の英語科で二年先輩の男性がいて安心しました。学生時代から、人物高潔、成績優秀でわたしはひそかに尊敬していたのです。一方で、本荘女子高に勤務していたころにわたしの靴箱に付文(つけふみ)を入れていた社会科教師が混じっているのには閉口しました。女性も一〇人以上含まれていましたが、そのうちの一人は現在秋田第一高校に勤務している国語科の女性でした。わたしは秋田女子高で同職していましたのでその女教師をそれなりに理解しています。とてものことに、杜沢先生を差し置いてというほどの人物ではありません。わたしのクラスにも授業に来ていたので分かりますが、素人目にも国語の指導力が不足なのです。女性参画は大事ですが、女なら誰でもよいというわけではないでしょう。

翌年の同じ時期、わたしはまた管理職試験に誘われました。校長は四月に代わっていて新顔です。わたしははっきりと断りました。あまり馴染みがないことに便乗したところもあって気持ちは軽やかでした。なに、楽がしたいのか？　わたしの辞退の弁を聴いてそう言いながら新校長はジロリとわたしを見ました。わたしは常に生徒たちと一緒にいたいのです。わたしは咄嗟にそのように答えました。

管理職への道の謝絶は楽な道の選択につながるという認識をわたしはまったく有していません。むしろ、学校の中で一番苦労しているのが学級担任だと経験的に認識していきます。性格も能力も家庭環境もさまざまに異なる四〇人余りの生徒と日々折衝していくのは決してたやすいことではありません。わたしのなかではそれはある意味〝闘い〟なのです。生徒を指導するといった上から目線はわたしの好みではありません。生徒たちとは対等に付き合っていきたいのです。こころとこころ、魂と魂をぶつけ合って共に喜び共に泣きたいのです。学級担任の多くはそのように考えているのではないでしょうか。そうした理念に添って生徒たちと接していくと、それは〝闘い〟になるのです。夏や冬の長期の休みが明けた最初の朝、わたしは自分自身に「戦闘開始」と言い聞かせるのが常なのです。

校長は、あなたなら今年は合格の確率が高い。それでもやめるのかね？　このような機会はもう二度とは来ないよ、と念を押しましたが、わたしもより明確に辞退の意思表示をしました。

職員室に戻る途中、秋田城西で〝格闘〟した村本宗助や笹原和雄の顔が浮かんできました。

た。宗助は今、秋田市内でも大手の商事会社の営業マンであり、笹原和雄は神奈川県警に就職して交通機動隊の一員として市民の交通安全に尽力しています。何かと問題の多かった二人もちゃんと大人になり、それぞれの道で社会に貢献しているのです。教え子のそうした姿を見るのが教師の最大の喜びなのです。

もっとも、わたしが秋田中部高校に赴任した年の夏休みにわが家にあいさつに来てくれた笹原和雄に、真弓先生どうしてそんなに太ったの、と言われた時はいささかショックでした。体重に変化はなく、衣服のサイズも変わっていないので、自分では太ったという意識がまるでなかったのです。筋肉組織が脂肪に変わるなどきっと身体の組成が変化していたのでしょう。一緒に応対した母も、率直で可愛い教え子に恵まれたねと微笑していました。

管理職の件に関しては依然として杜沢先生には何の音沙汰もなく、大学の英語科で二年先輩の男性教師はふたたび不合格でしたが、一高国語科の女性教諭は合格して、翌年春には、小規模ながら県北の共学校の教頭として赴任していきました。翌日の紙面では、杜沢夫人が県南の保健所の所長に任命されたのを目にし、わたしは、杜沢先生の気持ちを推し量らずにはいられませんでした。

受験といえば、杜沢先生の甥っ子のヨッちゃんとわたしの甥の学志も高校受験の時節でした。ヨッちゃんは秋田市内の私立高校に進み、学志は千葉第一高校に進学しました。ヨッちゃんの入学した高校はスポーツの盛んな学校として知られ、ヨッちゃんも入学と同時に、全国レベルにあるというレスリング部に所属しました。運動の苦手な学志は、千葉第一で勉強ひと筋になりそうです。千葉一高は一時期、公立高校の中ではもっとも東大合格者の多い高校として話題になっていたのはわたしも知っていました。

わたしは、定年の六〇歳まであと七年を残して秋田実業高校への転勤を命じられました。それまでの三一年間はすべて普通高校でしたので、不安と同時に新鮮な気分も湧きました。

校舎の一部がわが家の二階から見え、徒歩でも一〇分足らずの近距離ですから通勤はとても楽です。わたしは、秋田女子高の当時と同様、健康増進も兼ね、歩いて職場に通うようにしました。現実問題として、途中に踏切りがあるので、車通勤にすると渋滞に遭って徒歩よりも時間がかかるのは必定でした。

新任校は機械、電気、建築、土木、情報等の学科に分かれており、機械のようにほとんど男子だけの学科もあれば、情報のように女子が半分以上を占める学科もあります。生徒は入学時から学科別に分かれていますので、それぞれの学科への帰属意識は大変強いものがあります。そうした状況への対応策の一環でもあるのでしょうか、部活動がとても盛んです。そこでは学科の枠を超えて学校の一体感が自然に醸成されているのです。

部活の中ではラグビーの活躍が特筆に値します。〝校技〟と定められているのです。校史によると、昭和二年（一九二七）に時の校長が全校生徒を前に、「今日からグラビーをわが校の校技とします」と宣言したのだそうです。ラグビーをグラビーと間違えるほどラグビーの認知度は低かったということのようですが、校長先生の発言を機会にそれまで単なる同好会に過ぎなかった集まりが正式に部に昇格し、そこから秋田実業高校ラグビー部の輝かしい歴史がスタートしたのでした。

高校生による全国ラグビー大会は、わたしが赴任した時点ですでに七五回を超えており、秋田実業はその大会に五〇回も出場してそのうち一五回は優勝を達成していました。全国を見渡しても、一〇回以上の優勝経験をもつのは秋田実業だけです。

わたしが勤務していた七年間に、秋田実業は四回、花園で行われた全国大会に出場しました。わたしは四回とも応援に出かけましたが、それは学校の組織する応援団の一員としてではなく、あくまでも個人の資格で試合場に赴いたものです。というのは、姪の草子（そうこ）を伴っていたからです。

高校ラグビーの全国大会は年末から年始にかけて実施されるのが恒例ですが、この期間は学校の冬休みと重なっています。甥の学志はもうわが家には来ないようになっていましたが、下の妹はまだ小学生で、夏冬の休みには必ず訪れていました。ただ、わが家に来ても相手するのは母とわたしだけなので、本人はすぐに退屈そうにしていました。そこで、秋田実業が花園に出場した折には、奈良や京都、大阪などのちょっとした観光も兼ねて姪を連れ出していたのです。個人の資格で出かけますが試合会場では秋田実業の応援席に陣取ります。それが四回目ともなると学校関係者やラグビー部の父母の会の皆さん方にも存在を認めてもらえるようになり、可愛い草子ちゃんがまた応援に来てくれたなどと歓迎されて、本人も満更でもなさそうでした。

秋田実業が行けなかった年、秋田第一高校が花園出場を果たしました。この時期、一高は甲子園には数年に一回くらいのペースで出ていたのですが、花園は十数年ぶりということで学校は結構盛り上がっている様子でした。甲子園には応援生徒引率や野球部長の形で何度か出かけている杜沢先生も花園は初めてということで、会場での応援に強い希望を示しました。わたしが、草子を連れて出かけるパターンを説明すると先生は、自分もその私人の形を真似ると言ってわたしと草子を誘い、結局三人で花園に出向きました。

試合中、先生はもちろん秋田第一の応援席の一員となり、わたしと草子は一般客の席で声援を送りましたが、終了後は三人で奈良や大阪の遊園地や観光地などをまわり、二泊三日の旅程を終えました。この小旅行は、わたしは経験者なので、自然にわたしがリードをとるような結果になりました。杜沢先生は、花園ラグビー場のすぐ近くにある〝ラグビーの森〟にとくに強い関心を示していました。そこに歴代優勝校の校名を記した陶板を埋め込んだ一画があり、そこには秋田実業の名前が繰り返し出てきますので、改めて、秋田実業ラグビー部の活躍のすばらしさを認識したとの感想を洩らしていました。

秋田実業は、ラグビーと同時に駅伝も強い学校です。わたしが赴任した当初は全国の都道府県から出場の四七チーム中、四〇位前後を低迷していましたが、わたしの赴任三年目から監督が代わって急速に力をつけ、男子は中位から上位を狙えるほどに急成長しました。女子はまだ県予選レベルで敗退していましたが、一度だけ男子とともに出場した年がありました。女子が出場するとなると、男性の監督だけでは不充分で、必ず女子職員を引率の一員に加えるしきたりになっています。女ならではの対応が必要になった場合に備えてという意味で、駅伝の経験の有る無しは問われません。たまたま、その女子職員にわたしが指名されたのでした。

全国の高校生が都大路で母校のタスキをつなぐ駅伝大会は、これまた年末の一大風物詩の一つで、学校は冬休みに入っていますが、わたしが同行したのは引率スタッフの一員としての立場でしたので、さすがに草子を連れてというわけにはいきませんでした。幸い、大会期間中に、ぜひとも女子職員でなければという事態は生じませんでしたので、わたしはただ応援にまわっただけでした。駅伝の応援というのはまったく初めての経験でしたが、事前にタクシーをチャーターしておき、当日は、あらかじめ決め置いたいくつかのポイントに先回りしてタクシーを停め、眼の前を通過する選手に声をかけたあとまたすぐにタクシーに乗り込んで次のポイントに移動するというスタイルでした。結構忙しい応援でしたが、選手たちの走る速度が予想外に速いのにはびっくりしました。

部活動関係の方が先になってしまいましたが、仕事の面でもわたしは秋田実業で、本職の英語の他に新しい分野を経験しました。教育相談です。

杜沢先生は、定年まで一五年を残して母校に赴任しましたので、七、八年過ごしたらもう一校別の学校に移るだろうというのはご本人にもわたしにも当初から予測できたことでした。しかし、八年経過しても転勤の沙汰はなく、相変わらず国語科の責任者を務めていました。そうしたなか、一〇年目に着任してきた新校長が杜沢先生に新しい仕事を命じました。

一高の指導の中心は進学関係で、それを補うように生活指導が機能しています。ところが、その二つの指導の隙間から漏れた問題が少なからずあり、しかもそこにはまったく手がつけられていない状況でした。それは、生徒たちのかかえるこころの問題でした。さまざまな悩みや苦しみを秘めた生徒が一高には一定程度存在し、それへの手当てがまったくなされていない事実を新校長は逸早く察知したらしいのです。問題行動と言えば、普通は定時制課程や低学力校に集中的に現れてくるとみなされがちで、それは一面では正しいのですが、秋田第一のような学力がとても高い学校にも実は潜在しているのです。定時制と秋田第一はある意味で表と裏のような関係で、抱えている問題の本質に大きな違いはないのです。そのことに気づいた校長先生はまず、三年計画で一高にスクールカウンセラーを導入する構想を固め、その責任者に杜沢先生を指名したという経緯のようでした。

杜沢先生はとりあえず、教育相談の啓蒙から始めました。当時、教育相談なる単語そのものは保健室など教育現場にも多少は入って来ていましたが、その実情となるとどこの学校でも、いかなる先生も明確には把握できていませんでした。杜沢先生はかつて学んだマーラー理論を中核に据え、それに近年の研究成果に独学で挑戦していきました。参考書の類も少しは出回り始めていたようですし、先生はその頃からインターネットにも手を染めるようになっていて、そこからも知識や情報などを得ているふうでした。

啓蒙の具体的な対象はまずは職場の教職員です。教育相談部の責任者になって半年ほど経ったところで、先生は「こころ」と題したB４判のプリントを全職員に配布しました。これは、教育相談という言葉の説明から始まり、秋田第一で今なぜ教育相談が必要なのかを簡単にまとめたものでした。この「こころ」は、その後一〇日に一度くらいの割合で号数が重ねられ、わずかずつながら職員の間に教育相談的な雰囲気が広まっていきました。

二年目に入り、号数が三〇に達したところで先生は、今度は生徒を対象にした「いのち」の発行にも取り組みはじめました。こちらは二ヵ月に一回ほどのペースです。生徒の日常の心を和やかでゆとりあるものにするのが狙いでした。これが一〇号を越えたところでさらに保護者を対象にした「きずな」が年に二回発行されました。保護者にも教育相談の重要性が呼びかけられたのです。「こころ」「いのち」「きずな」という三種類の印刷物で職員、生徒、保護者への活発な啓蒙活動が展開されたわけですが、一方で週に何回かカウンセラーに来校してもらうという取り組みも着実に進んでいました。予算を伴う事業なので杜沢先生の一存でいかない部分もあったようですが、事業がスタートして三年目の春に、週に一回だけながら専門のカウンセラーが来校して、希望する生徒を対象にカウンセリングを実施する態勢が出来上がりました。既存の施設の一部に手を加えたカウンセリングルームが完成したのです。その後、カウンセラーの来校は週二回に増え、利用する生徒も漸次増加して、秋田第一はこの分野での先進的な地位を占めるようになりました。

わたしは「こころ」の初号を杜沢先生からもらい、以後「いのち」「きずな」もすべてファイルしたのですが、「きずな」の第一号をもらった直後の春に、わたし自身が秋田実業の教育相談部の責任者に任ぜられました。一高と同じく、秋田実業の歴史の中で初めて創設された分掌です。わたしの定年まで三年という時期でした。

教育相談にかぎらず、杜沢先生のこれまでの仕事ぶり全体にある種畏敬の念を抱いていたわたしは、この新しい分野でも早速先生の仕事の成果の一部を拝借することにしました。すなわち、啓蒙に主眼を置いた広報紙の発行です。ただし、わたしのできるのは教職員向けと生徒向けだけ、それも一高の半分程度の分量と内容です。わたしにはその程度の力しかありませんでしたし、スタッフも、一高は杜沢先生と養護教諭を含めて四人なのに、わたしのところはわたしと養護教諭の二人だけでした。将来カウンセラーの来校を仰ぐといった計画は最初からありませんでした。

それでもわたしは、一高の「こころ」「いのち」「きずな」のすべてを杜沢先生からもらい受け、それらを換骨奪胎（かんこつだったい）しながらではありましたが、「教育相談だより」と銘打ったB4判のプリントをほそぼそと出し続けました。多少なりとも効果があったのかどうか自分では評価不能ですが、それでも、たまに職員や生徒から「新鮮だね」とか「おもしろかった」といった反応があるとそれだけで嬉しくなったものでした。

千葉の甥や姪が成長して秋田に来る機会も少なくなり、お守り役みたいなわたしと杜沢先生の接触機会も自然と減少していって、わたしは内心淋しさを感じていたのですが、教育相談は結果的にそうした傾向を回復する機会となりました。甥、姪に関わる接触はまったく私的なものですが、教育相談の方はある意味公的な要素を少なからず含んでいますから、そういう意味では気持ちは楽でした。ただし、会い方は甥、姪の場合とほとんど変わらなかったというのが正直なところです。つまり、教育相談関係で会う場合も場所はお互いの職場とかではなく、会う時間帯も勤務時間外でした。

杜沢先生とわたしの結婚話は、教育相談をめぐってのあれこれの接触が二年目に入ったころでした。むろん、お話は杜沢先生の方から出ました。

その日は、先生の提案で珍しくフランスのコース料理を食べました。通常は、あまり人目につかないように、食事をする場合は小さな食堂であったり、場合によっては車の中での弁当であったりしましたから、お互いの誕生日とか何かの記念日といった特別な日でもないのにフレンチレストランでというのはまったく異例であったのです。

「結婚しよう」

デザートのアイスクリームを食べ終えることで意を決したらしい先生が、突然、そう切り出しました。

「結婚？」

わたしは即座には真意が理解できませんでした。

「そう。僕と結婚してくれ」

先生の視線はわたしの顔の正面に注がれています。

「でも、先生には奥様が……」

わたしは、思わずアイスクリームを舐（な）めるのをやめていました。

「それは、一年以内に離婚する」

「そうおっしゃっても……」

依然としてわたしはうまく対応できず、多少うつむき加減になっていました。

「君がびっくりするのはもっともだ。でも、こうして切り出したのは突然だが、今の妻と離婚して君と結婚という段取りは、僕の中では、一年以上かけて固まってきたものなんだ。僕の都合だけ言わせてもらえば、いわば決定事項だ」

「そのような一方的なお話では……」

わたしはいくらか抗議めいた姿勢を示しました。

「それはそのとおりだ。その点はあやまる」

先生は軽く頭を下げました。

わたしが視線を上げると、そこには先生の真剣な眼差しがありました。いつわりのない澄んだ瞳です。一瞬わたしはその中に吸い込まれましたが、意識してすぐに自分を取り戻しました。相手が妻帯者である事実は否定しようがないのです。

わたしの心の動きに気づいたのかどうか、先生は結婚の話はそれ以上は続けませんでした。先生は、わたしがアイスを食べ終わるのを待っています。沈黙の数分でしたが、気まずさのようなものは何もなく、むしろ心地よささえ感じている自分にわたしはかすかに後ろめたさを覚えました。

ただ、先生のお心がもう夫人の方を向いていないらしいことは感じ取ることができました。今の先生は、婚姻という制度に縛り付けられているだけなのかもしれません。もしそうだとすれば、それは離婚届を提出するという行為だけで解消できることになりますが、その辺の機微はわたしにはうまく理解できませんでした。

加えて言えば、わたしには奥様と同程度に気になる女性が二人いました。先生の自伝的小説に出て来る方々です。一人は、先生が長期入院していた間に知り合ったと描かれている看護師さんです。東大の附属病院に長くお勤めになり、現在は首都圏の高齢者施設の経営者側の立場にある方です。小説を読むかぎりでは、未だ独身のこの女性にとって先生は実質的な初恋の男性であったように推測されます。もう一人は、わたしが本荘女子高で同職した家庭科の先生で、杜沢先生は、わたしと同年のこの女性と一緒に一泊二日で鳥海登山をしたらしいのです。

よく眠られないまま数日考えた結果、二人の女性に対するわたしの〝懸念〟は、結婚を申し込まれたことによって生じた嫉妬の域を出ないとの結論が出て、わたしの気持ちもなんとか平常に復しました。結婚を申し込まれる前、わたしがこの二人の女性について何か意識したりするようなことは一度もなかったのです。一時的にせよ、みっともない感情にとらわれた自分が情けなくも思われたのでした。

杜沢先生からの求婚の事実を母に打ち明けようかどうかわたしは迷いましたが、結局は伝えるのをやめました。不確定の要素が多いし大き過ぎるのです。うまくコトが運ばなかった場合に受ける母のショックを考慮したのです。母は九〇歳を間近に控えていました。

一年以内という先生の約束は結局果たされず、果たされないまま先生は定年退職しました。その間、教育相談関係で先生に助言を求めたりする機会はありましたが、結婚についての話は一言もありませんでした。むろん、こちらから切り出すべき筋合いのものでもありませんので、わたしの方からその点に触れることもありませんでした。フランス料理を食べて半年ほど経った時分に先生が、離婚は結婚よりはるかにエネルギーが必要だとつぶやいたことがあり、一度も結婚も離婚もした経験のないわたしはそのようなものなのだろうかと想像するしかありませんでした。秋田女子高で担任した生徒の一人が三回結婚して三回離婚しましたが、そうした例はわたしにとっては地球の外の話でした。

先生が退職した時点で、結婚云々は完全に消滅したのだとわたしは思い定めましたが、退職してちょうど半年後に先生は離婚し、提出済みの離婚届のコピーをわたしに見せてくれました。場所は回転ずしのカウンターで、いかにも杜沢先生らしいとわたしは苦笑を禁じえませんでした。市役所への届けそのものは夫人がしたのだそうですが、提出前にコピーを取っておいてくれるよう頼んであったのだそうです。離婚する夫婦間でもそんな頼み事をするものなのかと少々不思議に思ったりもしたものでした。

離婚と同時に先生は、お父さんの実家であり、ご自身も小学生時代の一時期をそこで過ごした本家の離れで一人暮らしを始めました。秋田大学の裏側に位置する古くからの住宅地で、六畳と八畳の二間から成る平屋の家作です。本家の方には、すでに亡くなった先生の伯父さんの連れ合いと次男が住んでいました。長男は、小学校で先生と同級であり、後年、穂高で遭難死した方です。スーザンが秋田女子高に在籍していたころ、秋田の伝統行事の一つである梵天祭りを見学させたいということで秋女まで迎えに来てくれたことがありましたので、一度だけですがわたしもお会いした経験がありました。

先生が定年退職した後も、一年間わたしには秋田実業での勤務が残っていました。退職した先生も、予備校や専門学校から声がかかって、毎日ではありませんが、定期的に新しい職場に通い始めました。先生のもともとの予定では、離婚が成立したらあまり時を経ずに結婚という計画であったようですが、離婚が目算よりも一年以上遅れ、その関係で、わたしの定年と時期が近接しましたので、二人で相談した結果、結婚はわたしが退職してからということに決めました。先生から離婚届けのコピーを見せてもらった時点でわたしは母にこれまでの経緯を詳しく打ち明け、二人は結婚するつもりだと告げてありました。母は、娘は一生独身で終わるのだろうと思い込んでいましたし、結婚相手が自分もよく知っている杜沢先生だということを知ってとても喜んでいました。

一人暮らしを始めた杜沢先生の最大の課題は食事でした。自分にできる料理は玉子焼きだけと自嘲している先生はこれまで調理の経験がまったくなく、食材の買い出しから配膳までの煩雑さを思えば食べないでいるほうがまだマシと洩らしています。幸い、近くに総菜屋さんとコンビニがあるので、お金さえ出せば、すぐに食べられる状態の食品を購入してくることが可能で、当初は三食ともそれで間に合わせていました。わたしが行ってつくってあげたいのはやまやまですが、あと一年間は教員としての最終年度の勤務があるのでそれは叶いません。それでも、基本的には土曜日の晩ご飯はわたしの手づくりのものを食べてもらうようにしました。調理をしない先生の台所には調理器具もそろっていませんので、母にも手伝ってもらいながらわが家の厨房であらかた仕上げ、先生の所ではそれを温めれば食べられるという形にして持参しました。もちろん、夕食は二人でいただき、後片づけまで終えてからわたしが帰宅するというのが土曜の夜の日課になりました。

日曜の夜は、一一時を過ぎたくらいの遅い時間に「冬のソナチネ」と題した韓国ドラマの再放送があり、それを二人がそれぞれ自宅で観賞して、終了と同時に感想を交換し合うスタイルが定着しました。先生はそうした恋愛ものにはあまり関心はなかったようですが、何年か前、初めて放映された折にわたしが観て大いに感動していたので、再放送にあたってわたしが先生に勧めたものです。先生は、日本ではすでに失われたものがあのドラマにはまだ色濃く残っていると言って感動した様子でした。「冬ソナ」と略称されて多くの日本人にも愛されたそのドラマのメインテーマは〝初恋〟ですが、わたしは、わたしの初恋の相手は実は杜沢先生であったのだということを相当遅ればせながら認識するに到った次第です。秋田女子高勤務時代に同職し、四年間のうちのどこかで恋心を抱き始めたのだと思いますが、先生が既婚者なのでそこから一ミリも前進しないまま三〇年も過ぎたのです。わたしとしてみれば、初めての恋を三〇年かけて結婚の形に成就させたということになります。

わたしの定年退職まであと三日という三月二八日に先生がわたしの家を訪れて、母とわたしの前で正式に結婚の申し込みをし、その日の夕食は三人で和やかに摂りました。指輪も何もない食事だけの婚約でしたが、その夜は、わたしよりも母の方が饒舌であったような気がします。

三八年間の教員生活を終えたわたしは、全国的に著名な版画家の作品を自分へのご褒美として購入しました。未来への希望を表した斬新な構図と配色がとても気に入った一枚で、先生に披露すると、センスがよいと言って一緒に喜んでくれました。

結婚を決めたわたし達の次の仕事は、わたし達が住む場所の選定と家屋の新築です。このうち、敷地の方はすぐ手に入りました。わたしの家の南隣りは貸し駐車場になっていたのですが、それが売りに出ていることを母が耳にしており、わたし達が駐車場のオーナーの自宅に出向いてお願いするとすぐに売却を承諾してくれたのです。九〇歳を迎えた母の傍を離れるわけにはいかないわたしにとっては願ってもない好都合な話でした。住宅の建築会社はすぐには決まりませんでしたが、何度かその関係の展示場を見学していくうちに一つに絞り込むことができました。九月一一日に杜沢宅の基礎の杭打ちが始まり、一一月三日に簡単な上棟式が行われました。建築中は先生も時々現場を見に来ていましたが、わたしと母は、杜沢邸の建築過程を自宅の庭越しに毎日眺めていて、三日に一度くらいの頻度でその日の進捗状況を先生に報告したものでした。

上棟式が終わって二週間ほど経った日の昼前、市内北部に位置するI小学校の五年生六人がわたしの家に集まって楽しいひと時を過ごしたことがありました。その学校では、五年生の秋に、自分の将来を考えて職場訪問のような行事を実施しているらしいのですが、男女六人の児童が小説家を志望したのだそうです。学校側で市の教育委員会に相談したところ、それなら杜沢先生のところに行きなさいと助言されました。しかし、一人暮らしの杜沢先生のところでは充分な応対ができないということでわが家の客間を開放することにした結果でした。子どもたちは先生の話を一応メモしたりしていましたがその時間はごくわずかで、あとは皆ですしを食べ、デザートのケーキを頬張って解散ということになりました。その時の子どもたちが希望どおり小説家になったかどうかわたし達は詳らかにしていませんが、思いがけず楽しいひと時ではありました。

先生が新居に入ったのは平成一七年（二〇〇五）一月二九日で、翌三〇日にわたしも隣家であるその家に身を移しました。婚姻届は三月二五日に二人で市役所に出かけて提出しました。その時点の年齢は先生が六三歳、わたしが六二歳でした。結婚式や正式の披露宴は行なわず、指輪はもちろん、記念の写真も旅行もありませんでした。ただ、桜が咲き始めた四月中旬に、ごく身内の人だけに来てもらって自宅で食事会を催しました。「四つ葉の会」から送られてきた純白の胡蝶蘭がその場に高貴な雰囲気を漂わせてくれていました。

第七章 「ポイして」

先生とわたしは、時期によって濃淡はありますが、およそ三〇年もお付き合いしていましたので、お互いのことはかなり理解しているつもりでいました。ところが、実際に生活を共にしてみると、初めてということが少なからずあって、驚いたり苦笑いしたりです。

最初は、入れ歯の多さでした。わたしが杜沢家に入った次の日の朝、洗面所で一緒になりました。それぞれ歯を磨こうとしたのですが、どちらも入れ歯を外したら結構な本数があって思わず笑ってしまいました。歯科の世界では、八〇歳の時点でまだ残っている自分の歯が二〇本という「八〇二〇」運動というのが推奨されているそうですが、わたしは六〇を過ぎてまだ間もないのに自分の歯は一七本だけです。先生もわたしより二本多いだけで八〇二〇には遠く及びません。その事実に二人とも苦笑しましたが、これからは毎月定期的に歯のメンテナスに通うようにしようというのがその朝の結論になりました。

結婚後も、わたしが夫に呼びかける時は「先生」でした。何しろ、三〇年も前から直接声がけする際は「杜沢先生」か「先生」以外にはなかったので、今さら「あなた」とか「吉彦さん」などとは照れくさくて声にならなかったのです。そうしたわたし達を親戚の者や友人などは変な夫婦とからかい半分に見ていましたが、これまでの経緯を知っている母だけはほほえましそうに眺めていました。

退職したわたしに私立学校の高等部から臨時講師の口がかかっていました。大学の英語科の同期生が卒業と同時にそこの中等部に就職し、定年が公立よりも三年遅いのでまだ現役で頑張っています。その彼女が声をかけてくれたのです。しかし、わたしはそのお話はお断りしました。家事に専念したかったのです。定年のその日まで母に弁当をつくってもらって出勤していたわたしはどうも料理が苦手でレパートリーも限られています。退職して結婚したのですから、主婦としてしっかりしなければと自分なりに思い定めた結果でした。

今や夫になった杜沢先生は、予備校の方は続いていましたが、専門学校は担当の講座そのものが廃止になって退職になっていました。が、その代わりのように秋田の県立大学から要請されてそちらに顔を出すようになっていました。就職作文の指導を依頼されたようでした。当初は夜間に希望者だけを集めてというスタイルでしたが、評判はわるくなかったようで、四年目から昼間に移り、その翌年には一年生は全員必修で、しかも一単位ながら単位認定されるという具合に発展していきました。本人もそれなりに力を入れているら

っていました。しいのは傍(はた)から見ていても分かりました。大学は高校とはまた違った楽しさがあると言

家庭生活や仕事とは別に、これまであまり関わりのなかった分野との接触も増えてきました。その一つが同窓会関係です。わたしが秋田女子高を卒業したのは一九六二年（昭和三七年）ですが、同期の卒業生五〇〇人余りは、卒業年次の西暦の末尾二桁をとって「無二の会」と称する同期会をもっています。「六二」と「無二」を掛けたのです。毎年一回、無二の友が全国から集まって総会や懇親会などを開催して旧交を温めます。定期的な総会を継続的に成功させていくためには準備が不可欠なので幹事会を組織していますが、そのメンバーはどうしても秋田市在住者が中心になります。わたしもそのメンバーの一人になっていますので、年に二回が通例の幹事会にも出席します。必要な案件の処理が終わるとあとは自由な雑談会で、高校生当時の逸話や現在の生活状況などが楽しく語られます。夫への不満が必ずしも少なくないのは、それぞれの結婚生活が長くなったことによる金属疲労のなせるわざなのでしょうか。わたしはまだ新婚なので、皆から羨ましがられたり冷やかされたりです。それでも、気分転換にはよい機会なので、必ず参加しています。

ちなみに、同期会に関しては夫の方のそれがわたし達より盛んと言ってよいでしょう。夫が秋田一高を卒業したのは昭和三六年なので、同期会をサブロク会と称しています。こ

こは単純なのですが、この学年は毎年正月とお盆に、同期生の一人が経営する料亭で総会を兼ねた懇親会を開催しています。同期会の総会などは年一回というのが相場かと思いますが、年に二度も集まっているのです。さらに、この学年は毎月一回昼食会をもっています。卒業年次である三六年の三と六をプラスした九日が定例日になっています。夫が母校に赴任したころから始まった懇親会だそうで、「玉樹会（ぎょくじゅかい）」と名づけられています。発足当初、母校の国語科の教師だから杜沢お前が考えろというようないきさつで、夫が中国の大詩人・杜甫の詩の一節を借用してそのように命名したものだそうです。わたし達の「無二の会」もよい名前だと自負していますが、「玉樹会」にはいささか及ばないような印象なきにしもあらずです。この辺が秋田第一と秋田女子の違いなのかなぁと思ったりもしています。なにしろ、一高の昭和三六年卒は、東大の学長とT大の学長を同時期に出した実績があり、一つの高校の卒業生が同時にこの二大学の学長を輩出したのは過去に例がないといって全国的に話題になったりもしました。わたしの夫も兄も二人の学長の件は自慢だったらしくて時折口の端にのぼせていましたし、一高とは直接的な関係のないわたしやわたしの母もとても喜ばしく思っていたものです。

甥や姪も成長して秋田にほとんど来なくなり、幼い子どもに接する機会もめっきり少なくなりましたが、その隙間を埋めるようなタイミングで、わたし達夫婦は太陽という名の可愛い男の子と友達になりました。

結婚して二度目の冬のある朝、いつものようにわたしがゴミ袋を持って外に出ると、筋向いの貸家の玄関先に冬帽子をしっかりと被った二歳半ぐらいの男児が一人で立っていました。玄関の戸は開いていますから、あとから来る親を待っているのでしょう。

わたしがゴミ袋を集積所に置いて振り返ると、その子はまだじっとわたしを見つめています。わたしは、初めて眼にした男の子に何かしてやらねばという衝動に駆られました。反射的に足許の新雪を両手で掬い、おにぎりのように丸めて、ポイという声を出しながらその雪玉を道路の中央に放ってみせました。その子は表情を変えずにわたしの動作を見ていましたが、ひと言、「ポイして」と言いました。もう一度同じ動作をしてほしいというのははっきりしていますので、わたしは新たに雪の玉をつくり、改めて、ポイと声をかけて、最初よりは少し大きめの雪玉を道路に投げました。

男の子の顔がわずかにゆるみ、わたしも嬉しくなりましたが、その時、オーバー姿のお母さんが背後から出て来て、バスに遅れますよ、とわが子に声をかけ、わたしにも軽く会釈してバス停のある方角へそそくさと子どもを促していきました。保育園にでも連れていくのでしょう。それが、太陽とわが家が長く付き合うことになるきっかけでした。

その日、朝食の後片づけを終えて隣接する実家に顔を出してみると、母は太陽の家族のことを承知していました。半年ぐらい前に、両親が男児を伴って引越しのあいさつに来たのだそうです。母が両隣りと真向かいは親戚同様というのが習いだからそうしたのでしょうと解説しました。わが家は太陽が住む貸家の筋向いになりますので、親もそこまでは足を伸ばさなかったということのようです。母が、男の子の名を尋ねると太陽だと教えてくれました。ただ、母は、隣家が娘夫婦の家だと伝えることもなく、その後も、引越しのあいさつを受けた話をわたしにしてくれたことはありませんでした。夜になるとその貸家に灯りがともりますので人が住んでいるのは承知していましたが、子どもの話し声や泣き声など聞いたことがありませんでしたので、わたし達夫婦はまったく気づかずに「ポイして」の朝を迎えたのです。

昼食時に夫にコトのいきさつを伝えると、それじゃ明朝確認してみようと言い出して、翌朝、同じ時間帯にわが家の窓から太陽の家の玄関先に視線を合わせました。すると、前日と同じように、太陽と母親がそろってバス停の方向に向かっていくのが見えました。春になったらあの子をわが家に呼んで一緒に遊ぼう。子ども好きの夫がそのようにつぶやきましたが、わたしにもまったく異存はありませんでした。

次回のゴミ出しからはわたしに代わって夫がという機会が増え、時間帯も太陽が出て来る時刻にきちんと合わせてこちらもさりげなくゴミ袋を持って行くようにして接触のチャンスを多くしていきました。父親と顔を合わせる機会は滅多にありませんでしたが、それでも、三人家族とわが家の接触は徐々に密度を濃くしていきました。

夫が口にした「春」をわたしは桜の咲くころと解釈していたのですが、実際は梅の咲く前に実現しました。太陽を回転ずしに連れて行って夕食をともにすることができたのです。前日のうちに太陽の家に夫婦で出向いて両親から許可をもらい、当日の夕方、わが家の車に乗せて全国チェーンのすし店の客となりました。店員さんを初め、傍目（はため）には祖父母と孫以外のなにものでもなかったでしょう。

太陽は、回転ずしは馴れている様子で、最初からウニやスジコなど結構美味しいものに手を伸ばすのをわたし達は微笑しながら眺めていました。ジュース類にも目がないようでいろいろな種類のものを次々と自分の手元に取り寄せますが、もちろん、その場で飲めるのは限られています。すしも含め、残ったものはすべて持ち帰って両親へのお土産としました。わが家に戻った後はテレビの視聴です。夫が、二、三日前から録画しておいた子ども向けの漫画やアニメなどを再生するのです。ソファーに腰かけた太陽はやや斜に構えた姿勢で、それらに見入っていました。

両親とは、遅くなっても九時と約束していましたが、太陽は一向に帰る気配を見せませんし、わたし達がそれとなく催促してもその気になってくれません。太陽はわが家とわたし達夫婦を気に入ってくれたようです。しかし、一〇時近くなってもはや限界と判断できましたので、母親に電話して最後は迎えに来てもらいました。父親はまだ帰宅していない様子でした。わが家からは太陽の家がよく見えるのですが、雪解けとともに母親は自転車の前の部分に太陽を乗せて出かけるようになっており、それとは別に、父親は、家作の裏の貸し駐車場に停めてある乗用車で通勤していますので、自転車や車の有無で両親の在宅や不在の見当がつきました。

その後数回、わたし達は同じパターンで太陽と遊びましたが、葉桜も終わってツツジが盛りになったころ、太陽が土曜日の夕方にピアノの稽古に出かけるようになりました。わたし達夫婦は、このピアノの日に合わせて定期的にというのが太陽との関係を安定的に続けるには最適と判断し、その希望を太陽の両親に申し入れると、それは自分たちにとっても好都合と言って受け入れてもらえました。

太陽のピアノ練習は四時から五時までです。五時少し前、わたし達夫婦はピアノ教室の駐車場で太陽を待ち構え、姿を見せると車の中に手招きします。もちろん、事前に母親を通してピアノの先生には連絡済みです。車で五分ほど走ると、子どもの遊戯施設を備えた小型のモールがありますのでそこに入り、一時間ほどそこで遊びます。一回一〇〇円程度の遊びに太陽は五、六種類興じるのが常です。そのあと、また車に乗って回転ずしかマクドナルドに移動して夕食になります。どちらになるかは太陽の気分次第です。夕食後はわが家に戻り、録画してあったテレビ番組を観たりトランプ遊びをしたりします。そうしている間に太陽の家に電気が点きますので家人の帰ったのが分かります。自転車があると母親、車があると父親、両方だと両親です。ただ、車だけの場合は太陽はなかなか家に帰りたがりませんでした。それとなく理由を聞いてみると、パパは叩くから、という答えが返ってきてギョッとしたことがありました。注意して観察しても、顔など露出している部分に傷痕のようなものが存在したことはありませんから、虐待といった程のことはなかったと思います。

それに関連づけて付け加えると、母親はよく太陽を叱りつけています。夏場、窓を開けている時期にはその声が外まで洩れてくるので、聴こうとしなくても自然に耳に入ってきます。太陽が何か粗相をしたり悪戯をしたりというので叱責しているのだと想像されますが、その言葉遣いが乱暴で時には罵倒以外のなにものでもないといった場合すらありました。夫婦仲もあまりよさそうではない印象で、夫婦喧嘩の怒声もたまに聞こえてきました。

自転車の利用が可能なかぎり、母親は太陽を自転車の前に乗せて保育園に連れていきます。バスを利用するのは冬場だけです。太陽と知り合って二度目の冬、太陽の朝ご飯がいかにも粗末なのが判明してびっくりしました。問わず語りに太陽が話してくれたところによると、太陽と母親は朝食を摂らずにバスに乗ります。太陽の通っている保育園の前にまさに「保育園前」という停留所があるのですが、母と子はその一つ手前の停留所でバスを降り、そのすぐ近くにあるコンビニに入って二人分のパンを買い、太陽には保育園まで歩いている間にパンを食べさせる。それが太陽の朝食になっていたらしいのです。育ち盛りの子どもにはあまりに貧弱な食事と言わざるをえません。これは憶測に過ぎませんが、自転車に乗せて送っている期間は、コンビニとパンの部分は同じで、場所だけが自転車の前の席という違いだけでしかなかったのではないでしょうか。

いずれにせよ、これではとても満足な食事、食育とは言えませんので、わたし達はせめてその冬の間だけでもまとまった朝食を太陽にと考え、実行しました。親の諒解を得て、母と子をわが家の車で送ることにしたのです。わたしがそれまでより少し早めに起きてサンドイッチを用意し、それに牛乳と果物を添えて夫の運転する車に乗り込みます。母子を車の後部座席に乗せて保育園に向かう途中、空いている駐車場を探してそこに車を停め、そこで太陽にサンドイッチなどを食べさせるのです。そんな経験などそれまでなかったのでしょう、太陽はいつも美味しそうに完食してくれました。

朝食の援助は次の年の冬も続きましたが、新しい年は太陽の健康面でも関りをもつことになりました。一月下旬のある朝、六時半ごろに突然ママから電話がかかってきました。

太陽が風邪をひいたらしくて熱を出している。医者に連れていかなければならないが自分も夫も仕事の都合でそれができない。ついては杜沢家で面倒をみてもらえないか。よければ今すぐ健康保険証を届けるというもので、掛かりつけの小児科医も知らせてよこしました。ちょっと電話を待ってもらって夫と短く相談したわたしはすぐに諒解の旨を回答し、一〇分後には太陽はわが家の人となりました。小児科の開院を待って駆けつけるとただの風邪という診断で、少しばかりの薬剤が処方されました。その日、太陽は一日わが家で過ごし、薬が効いたのか夕方にはすっかり元気になりました。パパは六時前後に帰宅した様子ですが、ママが迎えに来てくれたのは九時過ぎでした。

太陽が小学校に上がるとき、わたし達夫婦はランドセルを買ってあげたい衝動に駆られましたが、さすがにこれは遠慮しました。太陽には父方にも母方にも祖父母がいることは承知していましたので、ランドセルの件はその方々に譲るべきだと判断したのです。

ランドセルを諦めたわたし達は入学式用の洋服をプレゼントすることに決めました。太陽を連れて秋田駅前のデパートに出かけ、スーツ、半ズボンなどの一式を体格に合わせて購入しました。もちろん、わたし達は入学式に出席するいかなる権利も有していませんが、式を終えて帰宅した直後にパパが太陽をわが家に連れて来て、太陽の晴れ姿を見せてくれました。

小学生は、黄色の帽子の一年生を中心に集団登校の形を取ることになっており、登校班はわが家から一分の地点から出発します。わたしたち夫婦は毎朝そこに出向き、太陽など一年生を列の中央に置いた隊列が出発していくのを見送りました。一年生の保護者も出発点までわが子を送って来るのが慣例になっており、太陽のママも姿を見せましたが、いつも他の母親たちからは少し離れた位置に立って、周りと朝のあいさつを交わすといったこともありませんでした。借家暮らしなので、もともと町内の住人とはあまり関わりがなかったのかもしれません。

それでも、一度びっくりしたことがありました。どういう経過でそうなったのか、太陽の履いた靴の左右が逆になっていささか歩き難そうに見えました。その場で夫に太陽を背後から抱っこしてもらい、正面側のわたしが太陽の靴の左右をちゃんと正してやったことがあります。その間、ママはわたし達の行為を見ているだけで自分はまったく何もせず、登校班が出発すると、いつものように誰にも声をかけずにその場から姿を消しました。わたしが、太陽は必ずしも母親の愛情を充分に受けているとは言い難いと感じたひと齣で、自宅に戻って朝食の箸をとった夫も同じような感想を洩らしていました。マーラー理論を思い出すまでもなく、幼少時に母親から充分に愛情を注がれずに育った子どもはどこかにこころの傷を抱えたまま成長していかざるをえないので、その点が気がかりでした。

太陽の通っている小学校では、毎年春と秋に学校開放日を設けています。この日は、学区内の住民であれば誰でも自由に校内に入って授業を参観させてもらうことができます。わたし達夫婦はこの制度を最大限に活用し、太陽が入学してから卒業するまでのすべての学校開放日に足を運びました。そのほかに、運動会も自由参観が許されていましたので、こちらも全部ではありませんが、かなりの回数参観して太陽を初め、町内の子どもたちの学校での生活ぶり、活躍ぶりを目の当たりにしました。幸いなことに、教職員の中にわたし達の教え子が何人かいて、太陽に関して直接話を聴いたりすることもできました。とくに五年生と六年生のときの担任教師は、わたし達が秋田女子高に勤務していた当時生徒であった教諭で、その生徒の二年次はわたし、三年次は夫が担任した女性でした。そうした縁で、太陽についてもかなり細かいところまで話題にすることができました。

ひとことで言えば、太陽は学校では〝問題児〟のようでした。これは、授業態度を見ていればすぐに分かることです。校種は異なりますが、夫もわたしも教師であったのです。授業を受けているときの太陽はいささか集中力に欠け、先生が黒板の方を見ている間にちょっと立ち上がって席を移動したり、周囲の友達にちょっかいを出したりといった場面も見受けられました。集中力不足は当然学力不足につながります。体育の授業を見学したこともありましたが、体育館内を往復するピストン走では、先生が最低五〇回と指示したのに四〇回でもう顎を上げて投げ出したりと、体力面でも課題があるようでした。

学校生活から判断すると、太陽は勉強もあまりできる方ではなさそうですし、運動も苦手としている様子です。〝落ちこぼれ〟と評してよいかもしれません。それでも、わたし達にとって太陽の可愛らしさは変わりませんでした。顔かたちが可愛いという要素もなきにしもあらずですが、基本的にはその性格の可愛らしさがより多くの比重を占めていました。わが家に来たときの太陽は、何事につけてもとにかく純真で、それが欠点のすべてをカバーしてくれていました。

四年生に進級したあたりから、太陽はあまりわが家に来たくないそぶりを見せるようになりました。自我が育ってきて、自分の家族や家庭がある程度見えるようになり、自分の立ち位置といったものにも意識が及ぶようになってきたのでしょう。小学校に入って間もなくピアノもやめてしまっていたので、一緒に外で食事という機会も消滅していましたが、そのまま何もかもなくしてしまうのは淋しい気がして、土曜の夕食はわが家から届けるというスタイルを新たに確立しました。カレーライス、オムライス、チャーハン、やきそば、中華丼を順繰りに準備するのです。つくるのは五人前で、そのうち三人前を太陽の家に届け、二人前はわたし達夫婦でというわけです。太陽と同じ物を食べていると思うとそれだけで何となく心楽しくなりました。

そんな次第で、毎週土曜日はわたしにとって一週間で一番忙しい日になりました。まず、スーパーの開店時間に合わせ夫とともに早々に買い物に出かけます。カレーならカレーの食材をきちんと購入し、メインディッシュだけでは不充分なので、食後のデザート用に果物やスナック菓子なども買い整えます。日曜日以降のことも考え、果物は三種類、スナックは五種類と一応の目安を立てていました。子どもの好きなハムやソーセージ、玉子なども欠かさないようにし、夏場であれば、毎日風呂上がりにアイスクリームを食べられるよう七種類のアイスも準備しました。毎週ですからそれなりに物入りではあったのですが、夫はさておき、わたしのなかにお金が惜しいという感情が湧いたことはありません。それだけ太陽が可愛かったのです。

当初、ケーキは誕生日にしか贈っていなかったのですが、そのうち子どもの日とクリスマスにもプレゼントするようにしました。いつも同じケーキ屋さんを利用していましたので、二、三年経つと、お店の方から事前に注文書が送られてくるようになりました。

夕食にしてもケーキにしても、こちらから届ける形は太陽の帰宅を確認してということになり、それだと太陽の家の人の出入りに常に気を遣っていなくてはなりません。それは處外に煩わしいことでしたので、程もなく、向こうが帰り次第わが家に取りに来てもらうというスタイルに改めました。

こうした状況が六年余り続いたわけですが、中にはやり過ぎといった印象になった場合がなかったわけではありません。まだ一年の秋だったと思いますが、学校の遠足で動物園に出かけたことがありました。保育園時代の粗末な朝食を知っていたわたしは、もしかしたら太陽は遠足にもちゃんとした弁当を持たせてもらえないかもしれないと心配し、前の日から弁当づくりに精を出して翌朝それを持たせてやりました。ところが、母親が遠足用のしっかりした弁当をつくってくれましたので、太陽は結果的に二つの弁当持参という、いささか重いリュックを背負っての動物園見学ということになったのです。母親に不愉快な思いをさせてしまったに違いないと反省もしました。

六年生の初夏に行われた修学旅行の行き先は仙台でした。夫が学校に確認するとお小遣いの上限は六〇〇〇円ということでしたので、餞別は五〇〇〇円にしました。太陽は仙台の銘菓をお土産に買ってきてくれましたが、それに類することはそれ以前には一度もありませんでしたので、わたし達は、太陽のためにしてあげてきたことが無駄ではなかったのを知ってとても嬉しく思い、夫は晩酌のビールを普段の倍にしたほどでした。

第八章　わたしの軽はどこに？

　わたしの物忘れが多くなったのは、後期高齢に入るすこし前、太陽の学年で言えば四年生から五年生にかけての頃おいであったように思います。人の名前が思い出せなくなり、漢字が書けなくなり、昨日何を食べたか忘れてしまっているといった具合です。買い物に行く前には必ずメモをつくりますが、メモするのを忘れたり記入したメモ帳を置き忘れたりということもちょくちょく起きるようになりました。レジに並んで初めて財布を持参していないことに気づいたといった例もあります。夫に話すと、そうしたことは自分にもよくあると言ってたいして気にしているふうもありません。テレビなどを見ていても、加齢による単なる物忘れと認知症は異なるからあまり心配はいらないといったような解説が流れてきますので、わたしも、とりたてて対策のようなものを考えたことはありませんでした。

　平成二八年（二〇一六）、わたしども夫婦は結婚一〇年目に入っていました。その年は全国的に桜の開花が早く、四月の下旬には秋田市内でも早くも散り初めといった趣きで、関係者は、この後、城址公園で始まる恒例の観桜会の期間にはすでに花が散っているのではないかと気をもんでいるとの記事が新聞の三面に載っていました。

そうした係念を増幅する花散らしの雨が朝から降りつのる木曜日の午前一〇時半過ぎ、わたしは階段の下から夫に声をかけて食糧品の買い出しに出かけました。通常は歩いても行けるすぐ近くの個人商店で済ませていますが、毎週月曜と木曜は車で一五分ほどの大きなスーパーまで足を伸ばすのが近ごろの習慣になっています。わたしの声がけに二階の夫からは簡単な返事がかえってきましたが、姿は見せませんでした。

その日の夕食はブリ大根を中心にと考えていましたので、わたしは店内の順路に従ってまず大根を一本買い物籠に入れ、続いて魚コーナーにまわってブリの切り身を二片購入しました。さらに、メモを見て牛乳とヨーグルトを買い足し、洗剤と三角コーナーで使う水切りネットを補充しました。

メモ帳にはそれ以外何も書かれていませんが、不意にわたしの頭には、今日は正午に母校の中学校の校門でかつての同級生に会う約束になっていることが思い浮かびました。昨日、女性の声で電話があったのです。わたしのために購買からパンを買ってきてくれた、当時は乱暴者と見られていたあの男子生徒が会いたがっているので明日の正午に母校の正門前に来てほしいという内容でした。いつもなら夫とわたしの昼食時間ですが、約束であれば違えるわけにはいきません。わたしは、スーパーのレジを通過する前に、駅の南側に位置する中学校に直行することを決め、車をその方向に走らせました。大体の道順は頭に入っていますので不安はありませんでした。スーパーを出る時、雨が細かく降り始めていました。

母校を訪ねるのはずいぶん久しぶりのことで多少回り道にはなったようですが、無事に中学校前には着きました。わたしが学んでいた当時とは違って校舎がまったく新しくなっており、とても清潔な印象です。しかし、校門の周囲に人影はなく、校舎全体が鎮まり返っていて、どこかよそよそしさを感じます。わたしを拒絶しているかのようです。わたしは、中学校の同級生との約束は今日でなかったのかも知れないと思い直して自宅に戻ることにしました。

ところが、エンジンを始動させてみると、わたしは自分の帰り道が分からなくなっていました。少し移動して車を停め、いったん外に出て確かめると、進行方向の道路の奥に緑色の建物の一部が見えます。わたしが秋田女子高の生徒であった当時から駅前に建っている古いビルで、そこからなら歩いて秋女高まで一五分くらいです。秋女からわが家までは徒歩一〇分で、これはかつて通い馴れた道でもあります。あの緑の建物まで歩けばすぐ右に秋田駅が見え、そこから秋女を経由して自宅に向かえば何の問題もなく家に帰れます。

車を停めている場所の脇が小さな草地になっていましたのでわたしはその草地に車を移動し、エンジンを止めてそこから歩き出しました。雨が降っていましたが、その時季、傘とレインコートはいつも後部座席に積んでいましたので、それを利用しました。手ぶらの方が歩きやすいと思ったので、傘以外の物は何も持ちませんでした。

歩き始めて程もなく大小両方の排泄の衝動が湧いてきましたが、トイレは自宅に帰り着いてからと思い決め、先を急ぎました。ところが、秋田女子高の裏側、わたしが生徒であった時分には弓道場があった場所で今は生徒昇降口になっている辺りまで来たところで体調が急激に悪化していきました。本降りになってきた雨に濡れ過ぎてしまったせいなのか排泄の欲求が強まりつつあるせいなのかよく分かりません。狭い道路を挟んで昇降口の向かい側に新しい戸建ての住宅が数軒並んでおり、そのうちの一軒のお宅のカーポートが空っぽになっています。わたしは逃げ込むようにその屋根の下に入りましたが、立っているのが辛くて思わずしゃがみ込んでしまいました。

それからどれほどの時間が経過したのでしょうか、わたしの横に不意にパトカーが停まり、それを待っていたかのように、赤ちゃんを抱いた若い女性が玄関口に姿を見せました。

「どうなさいました？　大丈夫ですか？」

真っ先にわたしに近づいてきた制服姿の女性警察官が、わたしの肩に手を添えながら顔を覗き込みました」

「すみません。大丈夫です」

わたしはそう言いながらとりあえず立ち上がりました。他人の敷地に勝手に入り込んでいる行為を科められたと思ったのです。

「びしょ濡れじゃないですか。無理しないでください」

婦人警官の上司らしい男性警察官がなだめるようにわたしに声をかけました。

「こちらのお宅から、ご病気らしい老婦人がうちのカーポートにしゃがんでいるとのお知らせがあって飛んで来たんです。もう大丈夫ですから安心してください」

男性警察官は微笑を浮かべています。それを眼にしてわたしもようやく安心しました。

上司はわたしから住所と名前を聴き取り、まだ二〇代と思しき婦警さんがすばやくそれを書き留めています。

「お宅のご住所だとここからは車で三分で行けます。雨が降っていますし、もう暗くもなってきましたから、パトカーでお送りしましょう。どうぞお乗りください」

そう言いながら男性警察官が部下に目配せすると婦警さんがすぐに後部座席のドアを開けてわたしをそこに座らせ自身は前部の助手席に回りました。その間に家人と二、三言葉を交わした上司が運転席について車はすぐに発進しました。

わたしがパトカーに乗るのはまったく初めてです。好奇心で室内をキョロキョロしているうちに車はもうわが家のある町内に入っていました。運転席と助手席の間に小さなテレビ画面のようなものがあり、車の進行に従って順次変化しています。これがカーナビというものなんだと納得しました。わが家では、わたしの軽乗用車はもちろん、夫の車にもその装備は搭載していないのです。

わが家の前に横づけしたパトカーからまず上司が降りて玄関に向かい、婦警さんが後部のドアを開けてわたしを介添えしてくれました。わたしが玄関口に入ると夫はすでに上司と言葉を交わしていましたが、夫はとてもびっくりした表情です。

「……家内が大変お世話になりまして。どうもありがとうございます。それで、家内の車は今どこにあるんでしょうか？」

「車とおっしゃいますと？」

「家内は自分の車で出かけたのですが……」

「車で？」

「はい、軽乗用車ですが」

「それは初耳ですな」

警察官はそう言いながら婦警さんに視線を当てましたが、視線を受けた当人もすぐに首を横に振りました。

「車、どこに置いてきたの？」

夫がわたしを見ました。わたしを心配している様子とわたしに対する尋問の気配が半々に感じられました。

「駅の近くよ」

「近くって？」

「行けば分かると思うけど……わたし、トイレ」

その場に宣言するように言ってわたしはトイレに走り込みました。大小とも排泄の欲求が急激に頂点に達したのです。

ところが、便座に腰を置いてみても何も出て来る気配がありません。尿意や便意はあるのですが、それが具体的な形にならないのです。わたしは自分の身体が常とは違うのを感じ、パンツの一部とスカートの端が汚物で黄色になっているのに気づいて、トイレから出るのが憚られました。すぐに交換したいのですが、わたしの部屋に移動するためには一瞬だけながら玄関前の廊下に出なければならず、それではそこにいる人たちに醜態を見せてしまう結果になるのです。

どうしたものか迷っているうちに、警察官が立ち去ろうとしているらしい雰囲気が伝わってきました。夫がクドクドと謝罪とお礼の言葉を述べている気配でしたが、それは間もなく止み、夫は居間に戻った様子です。それで安心したのかどうか、わたしはようやく排泄を終えることができました。わたしはそのまま自室に入ってすぐに汚れた衣服を新しいものに替えました。汚物の付着した衣類を何とかしなければなりませんが、とりあえずと思ってそれは冷蔵庫の奥に押し込みました。日常、夫が冷蔵庫を開ける機会はほとんどないので、見つかる心配はありませんでした。

「車はどこに置いて来たんだ？」

わたしが居間に戻ると同時に夫が珍しくイライラした様子で質しました。

「秋田駅の近くのはずよ」

「はず？」

「ええ」

「……さっきのお巡りさんの話だと、君が秋田女子高の裏で保護された時はまったくの手ぶらであったそうだから、スーパーで買った物はもちろんだけど、財布とかキャッシュカードとか免許証とか、貴重品もみな車の中にあるんだろっ？」

「多分そうだと思うけど……」

「多分じゃまずいよ。すぐ車を取りに行かなくちゃ。警察でも探してみると言ってたけど、早いうちに見つけておかないとな」

「でも、もう大分暗くなってきたわ。まだ雨も降ってるし」

「それどころじゃないよ」

夫はソファーから腰を上げ、自分のすぐ後ろの小棚にいつも置いてあるリモコンのスイッチを押しました。ビルトイン式車庫のシャッターの巻き上がる音がわずかに聞こえてきます。直ちに出かけるつもりなのです。

わたしは急に空腹を覚えました。その時になって初めて昼は何も食べていないことに気づきましたが、夫が車庫に通じるドア口に向かったので何かを食べている暇はありませんでした。

わたしを助手席に座らせた夫は、わたしの指示どおりに自分の車を走らせましたが、わたしの指摘した場所にわたしの軽はありませんでした。その周辺をゆっくり行きつ戻りつしても見当たりません。

「誰かが運転していったのかなぁ」

夫が浮かない顔でつぶやきました。車にはキーもついたままの状態ですので動かそうとすればいつでも動くのです。

「暗くなってしまって、もう目視で見つかる可能性はない。今日は家に帰り、実情を警察に連絡して、あとは明日にしよう。……今日の晩ご飯をこれから用意するのは大変だから、途中で弁当を買っていこう」

夫は、何か考え込みながらそのように提案するとあとは車をわが家の方向に向けました。今日の夕食はブリ大根であったことがわたしの頭に甦っていましたが、モノがないのではどうしようもありませんでした。わたし自身は食欲などなかったのですが、夫にはちゃんと食べさせなければと思いました。

翌朝になると、わたしはほとんど普段と変わらない健康状態に戻っていました。空腹すら覚えたほどです。しかし、朝食が済むと同時に、いささか強引という印象で夫に導かれ、夫の車でわたしの掛かりつけ医に向かいました。

「今すぐ紹介状を書きますから、このまま真っすぐ脳研（のうけん）に行ってください。急患扱いで診てもらえるよう添え書きをしておきますから」

わたしと夫の話を聴いたわたしの二〇年来の掛かりつけ医は、喉太い声で当然のようにそのように告げました。

「分かりました。どうもありがとうございました」

医師と初対面の夫は、ある意味悟ったような応じ方で丁寧に頭を下げました。

〝脳研〟の愛称で県民に親しまれている秋田県脳血管研究センターは、秋田県内のみならず、全国的にもその存在を認められている脳疾患関係の大きな専門病院です。一度もそこで治療を受けた経験のないわたしは、ぼんやりした不安を覚えましたが、今は掛かりつけ医の指示に従わねばならないことは理解できました。

脳研では、夫を同席させて簡単な問診をした後、わたしを検査着に着替えさせてさまざまな検査を実施しました。血液検査のような一般的なものから脳のＭＲＩ検査、脳波検査といった専門分野の諸検査で、昼休みを挟んで午後まで続きました。昼食は院内の食堂で摂りました。夫は定食を完食しましたが、検査の影響もあるのかわたしは食欲がなく、半分以上残してしまいました。

検査終了後に、最初に問診を担当した医師から説明がありました。結論は、脳に特別な異状は見られないというものでした。むしろ年齢より若い脳だと説明され、わたしは妙に嬉しくなりました。脳であれどこであれ、女性にとって、若いと言われるのはそれだけで心浮き立つものがあるのです。

「家内は車を運転しますが、今後も運転を続けていてよいものでしょうか？」

夫が、よい返事を期待するように担当医に伺いを立てました。

「それは大丈夫です。今回の発作はまったく一時的なもので、こうした発作は一度起きればあとは二度とは起きないものです。診断名は一過性ゼン健忘症ということになります。

『ゼン』は『全部』の『全』という漢字です。なんなら、ここからの帰りに運転していっても大丈夫ですよ」

四〇代の医師の話しぶりはいかにも自信ありげです。

「どうもありがとうございました」

夫が安心したように深く頭を下げましたので、わたしも無言のままそれにならいました。

「掛かりつけの先生からの紹介状へのご返事は、後日、当院から郵送いたします」

事務的な連絡が最後にあって、わたし達への説明は終了になり、もう一度そろってお辞儀をしてわたし達は診察室を出ました。

脳研は秋田駅から歩いて一〇分足らずの距離にあります。駐車場を出たあと夫はひとわたり駅の周囲に車を走らせましたがわたしの軽はどこにも見当たらず、その日は警察からも何の連絡もありませんでした。

三日目になるとわたしの健康状態もほとんど元に復し、食欲も回復して普通に食べられるようになりました。ただ、財布も車もないので食材の買い出しには困りました。とりあえず夫の懐を当てにし、スーパーへの往復を運転してもらって当座の用を足しました。

この日の午後に夫は銀行に出かけましたが、用件はわたしのキャッシュカードからのお金の出し入れをストップしてもらう手続きを取るためでした。わたしの財布もキャッシュカードも運転免許証もすべてドアがロックされていない車の中にあります。カードの暗証番号はわたしの生年月日にしており、それは免許証に明示されていますから、現金化しようと思えば誰でもすぐにできる状態であったのです。夫に注意されるまでもなく、ずいぶん迂闊な話ではありました。

わたしの軽乗用車が見つかったのは行方不明になってから五日目でした。その日の夕方に警察から電話があり、夫が説明を聴きました。わたしの軽は駅近くのちょっとした草むらに放置されており、その土地の持ち主から、自分の所有地に四、五日前から迷惑駐車の車があるので対処願いたいとの要請があったのだそうです。警察で調べるとすぐわが家の車と判明したので直ちに連絡をくれたものでした。その場で待っていると言う警察官の指示に従って、教えられたとおりの道順をたどっていくと、現場には、以前わたしをパトカーで送ってくれたペアとは違う中年の男性の警察官と若手の婦警さんが待ち受けていて車をわたし達に引き渡してくれました。車体に何の異状もなく、車内には財布や免許証などの貴重品がまったく他人が手を触れた様子もない状態で残っていました。後部座席にはいくらか萎びかけた大根や腐敗を始めているらしいブリの切り身なども放置されていて、あの日の夕食はブリ大根がメインであったことをわたしに想い起こさせました。

「車が無事発見されましたし、特別な事件性もありませんので、今回の件はこれですべて終了ということになります。ここからこのままお車でお帰りになって結構です」

上司の男性警察官がわたしと夫を等分に見ながらそのように告げました。

「大変お騒がせし、お手数をおかけしてしまって誠に申し訳ありませんでした。適切な対応に感謝申し上げます」

夫がそのように言いながら小腰をかがめましたので、わたしも、どうもありがとうございました、と口にしながら頭を下げました。

わたしは久しぶりに自分の車の運転席に座り、ゆっくりとしたスピードで先導してくれる夫の車に追従して、日が落ち切る前にわが家に帰り着きました。

車の発見場所は、秋田駅の南側一キロあまりの地点で、わたしの卒業した中学校から町内一区画分しか離れていませんでしたから、わたしは当日はやはり母校に向かったもののように思います。先導してもらって帰る途中、秋田駅は確かに右側に見えましたのでこの点の記憶も間違ってはいないようです。ただ、かつてわたしのためにパンを買ってくれた同級生と会うことはできず、その生徒と会うようにとの電話をくれた女性が誰なのかは未解明のままです。もしかしたら永遠に解明できないかもしれません。つまり、同級生に会う云々はわたしの妄想であったのかもしれないと秘かに思ったものでした。

第九章　カシツウンテンチショウ

このたびのわたしの不調は一時的な一過性のもので脳そのものには何の異状もなく、車の運転にもまったく差し支えはないというのが脳研の診断です。しかし、頭ではそうした状況は理解できても、気持ちの方は理屈どおりにいきませんでした。運転中にまた同じような発作に襲われはしないかと危惧したのです。

近くの個人商店など徒歩で行けるところは自分の足で出かけましたが、スーパーになるとどうしても車が必要で、その場合は夫に運転を頼みました。スーパーに赴く理由は食糧品を中心とする日常の必需品の買い出しですのでわたしに心理的抵抗はあまりありませんでしたが、美容院となると多少申し訳ないという気持ちがはたらきました。

わたしは一週間に一度美容院に通うのが慣わしになっています。髪を洗って整えてもらうためです。四週間に一回はかるくパーマをかけてもらうようにもなっていました。現職当時から続いている習慣です。もともと母がお世話になっていた美容院でした。今は亡き母を伴っていったついでにわたしもやってもらったというのがきっかけでした。

その美容院は、当初はわが家から徒歩数分の近くにあったのですが、わたしの退職前に秋田市の北部に店舗を移してしまい、車がないと通えないようになってしまいました。それでも、気心が知れていますし、入学式や卒業式など職場で行事がある場合はある程度の無理も利きましたので、退職してからもその美容院を利用していたのです。

ただ、美容院は一定の時間がかかります。一緒に売り場を回ってあるくことができるスーパーと異なり、運転していった夫はただ車の中で待っているだけです。もちろん、店の主は店内のソファーに腰掛けてお待ちをと気を遣ってくれるのですが、女性だけのなかに一人というのも嫌なのでしょう、夫は美容室内に入ってくることはありませんでした。

そんなことにも気配りを求められたわたしは、もう一度自分で車を運転してみようと考え直しました。体調への自信も回復しつつあったのです。夫に相談してみると、とくに反対の言葉はありませんでした。脳研でも警察でも運転に問題なしとされたのですから、当然と言えば当然です。

最初は、夫にも同乗してもらってゆっくりと町内を一回りし、次の機会にはややスピードを上げて距離と時間を延ばすという具合で、慎重に運転感覚を取り戻し、途中からは、夫が助手席にいなくても不安はないという状態まで回復していきました。慣らし運転から二ヵ月ほど経つと、わたしは発作前とまったく変わらない程度に自由に自分の軽で買い物にも美容院にも出かけられるようになっていました。

全健忘症の診断を受けてほぼ一年ほど経った若葉の頃、わたしは予約していた美容院に夫の車に乗せてもらって出かけました。いつものように自分の軽で行くつもりだったのですが、運転席側の前輪がかなりへこんでいて夫に相談すると、パンクかもしれないからやめたほうがよい、修理は帰宅してからと言って、自分の車にわたしを同乗させてくれたのです。うまい具合に、その日のその時間帯は夫には何の予定もなかったようでした。

「いい旦那さんね」

「そうよ。わたしが選んだ人ですから」

「ご馳走サマ……。旦那さんは新聞を読んでいるようね」

大きく剪った窓越しに見える駐車場の車の中にいる夫の様子を目にしたらしくて美容師が話題を広げてくれます。

「うちの旦那は活字中毒みたいなところがあるのよ。いつも何か読んだり書いたりしている」

来る途中のコンビニで、わが家で定期購読しているのとは違う全国紙を買い求めていましたからそれに目を通しているのでしょう。

わたし以外にお客さんはおらず、昵懇（じっこん）の店主とのなごやかな会話で始まった整髪ですが、最初の作業である洗髪がまだ終わらないうちにわたしは何とはなしに変な眠気を覚えていました。別に睡眠不足でもないのに頭の中がぼんやりして意識が定まらず、美容師のかけてくることばにも生返事しかできないのです。

「眠かったら眠ってていいですよ。いつものようにやっておきますから」

店主の声音は物慣れたものです。

よろしくね、とわたしは言ったつもりですが、不思議なことに、その声はわたしの耳には聞こえませんでした。

意識が次第に薄れていくのが分かります。美容師が早口で何か言っているらしいのは理解できますが、その内容は頭の中に入ってきません。

不意に男性の声が聞こえ、わたしはソファーに移されたようですが、目を開いていられないので定かな様子は把握できません。男性の声音は夫のもののような気がします。頬が二、三回軽く叩かれたものの依然として目は開けられません。美容師と夫の声らしきものが交互に耳から入ってきます。わたしに何か反応を求めているらしいのですが、どう反応したらよいのかわたしには判断がつきません。「はぁい」。わたしは何の意味もなくそんな声を何度か洩らしていました。

どうしたものか目が開けられないので、その後わたしがどこをどのように動いたのか、動かされたのかよく分かりませんでしたが、短時間ながら聞き覚えのある声にも接しました。喉太い男性の声で、あれは確か掛かりつけ医のものです。ですから、きっとそこにも寄ったのでしょう。その後だったと思いますが、聴き馴れない男女の声にも幾つか接しました。消毒薬の匂いもしたようですから、もしかしたらそこは病院であったかもしれません。どこでどのような扱いを受けたのかわたしには何ひとつ定かでありませんが、途中からはぐっすり寝込んでいたようです。

目が覚めた時、わたしは自宅にいました。いつも自分が寝ている部屋にいました。枕元に常置してある目覚まし時計の蛍光色の針は一二時少し前を指しており、居間の方からはテレビの音が低く聞こえてきます。布団の上に身を起こしたわたしは、自分が寝間着姿になっているのに気づきました。自分で着替えた記憶はありませんから、誰かが着替えさせてくれたのでしょう。左前になっているところをみると、着替えは男性がしてくれたのかもしれません。そして、男性と言えばわたしには夫しか思い浮かびませんでした。

起き上がったわたしは胸元を整え、とにかく音のしている居間に移動してみました。

夫がソファーセットの一人用の椅子に座ってテレビの方を向いています。画面にニュースのようなものが流れていますが、夫がそれを見ているふうではありません。居眠りしているようです。

「間もなく一二時ね」

わたしは、テレビの上方の柱時計に視線を当てながら、低く、しかし夫には聞こえるであろうと思われる程度の声音でひとり言ちてみました。

「おっ、気がついたか。大丈夫？」

「大丈夫よ」

「そうか、それはよかった。……もう一二時か」

夫が自分の腕時計を確かめました。

「そうよ。でも、今はいつの一二時かしら」

「いつのって……美容院に出かけた日の夜の一二時だよ」

「そうなの」

わたしはぼんやりと応えていました。美容院に行ったのは確かですが、そのあとの記憶がほとんどないのです。

「晩ご飯食べた？」

わたしにそのように問いかけさせたのは、主婦としての本能かもしれません。

「オレはとっくに食べたよ。君の分も用意してある」

夫はそう言いながら立ち上がって、四人掛けの食卓セットの方にわたしの視線を誘いました。食卓の中央に、白いナプキンがかかった状態で食事らしきものが準備されています。夫がナプキンを手にする場面など目にしたことがありませんので、わたしの口元には思わず笑みがこぼれていました。

「わたしも何か食べたいな。おなか空いちゃった」

自然な笑みが自然に空腹感を刺激したのでしょうか、わたしには何かしら口にしたい欲求が湧いていました。

夫がナプキンをつまみ上げるとそこにはお粥や果物の缶詰、さらには水羊羹などが並んでいます。

「まあ、美味しそう」

わたしは小さく嘆声を発しました。

「ちょっと待って。今すぐ、食べられるようにするから」

そう言いながら夫は流し台の方に回り、ガスに火を点けてお粥をあたため、缶詰の缶を開け始めました。不器用なそのかいがいしさがわたしの気持ちを楽にさせてくれました。

わたしは別に胃腸の具合が悪いわけではありませんから、そんな柔らかいものばかりでなくてもよかったのですが、普段は夫の用意してくれたものを口にする機会がありませんので、それだけで美味しく食べられました。その日は、朝食のあとは何も食べていなかったのですから、それも美味しさを倍加してくる要因になったのかもしれません。

わたしが食べている間に、夫が、わたしが美容院で意識を失って以降の経過をかいつまんで説明してくれました。まず、夫と美容師が両脇から支えてわたしを車に乗せ、夫は真っ直ぐわたしの掛かりつけ医に向かいました。掛かりつけ医は即座に脳研に紹介状を書き、夫はそこから脳研にわたしを運びました。脳研では、とりあえず必要な検査を実施しましたが、今すぐ治療に着手しなければならない病気は存在しないと判断して、生理食塩水の点滴以外は何の処置もとりませんでした。ただ、パンツが汚れたのでそれは夫の諒解を得て紙パンツに替えたそうです。夫の話がその件にくるまで、わたしは今紙パンツを穿いている事実に気づきませんでした。脳研では、パンツ交換後もわたしの意識の回復を待っていましたが、夕闇が迫ってもその気配がないので、夫に、わたしを自宅に連れて帰るよう伝えました。夫は、意識のない人間を連れ帰るのは不安なので今夜は病院に泊めてもらえないかとお願いしたそうですが、ここはホテルではないと言って断られたそうで、その部分を語るときの夫はかなり憤慨していました。脳の治療や研究を専門とする病院が、意識のまったくない人間を家族に預けるというのを素人は理解できないという夫の感覚はわたしも同感できるものでした。家に帰った夫は布団を敷いてわたしを寝かせたあと、コンビニで夕食を調達、自分の腹ごしらえをしてソファーでわたしの意識の回復を待っていたという次第でした。美容院を出る時から今の今まで、わたしは目を瞑ったままであったそうで、二度と目覚めることがないのではないかと心配したそうです。

掛かりつけ医や脳研では看護師がそれなりに手伝ってくれたそうですが、それ以外の場面ではわたしを車に乗せるのも降ろすのも夫がすべて一人でやらなければならず、結構重くて苦労したと真面目な顔で言っていました。例えばおんぶする場合でも、意識があれば自分の方からも肩に手をまわしてくれるのでその分重さは軽減されるけれども、意識のない人はそれもしてくれないので、そのまま背負おうとすると全体重がかかってくるのでとても重いだけでなく、そっくり返って後頭部から地面に落ちてしまいそうになるのだそうです。わたしは中肉中背で身長も体重も女性の平均だと思いますが、夫がそんな苦労をしてくれているとは全然知りませんでした。

夫と正反対で、わたしは食事にはもともと時間のかかる方ですが、夫が語ってくれる話の内容についつい気を取られて食事時間がさらに長くなっている間に、午前一時を告げる柱時計のチャイムが鳴りました。正時のたびに流れるメロディーは、多くの学校で授業の開始や終了の合図に使用しているのとまったく同じです。わたし達夫婦がともに教員であった事実にちなみ、わたしの従兄の妻である能婦子（のぶこ）さんが結婚祝いに贈ってくれたものです。退職してからも家の中に学校が入り込んでいる趣きなきにしもあらずですが、夫婦ともそれなりに気に入っているチャイムではありました。

夫の用意してくれたお粥類を食べ、さらにゆっくりと眠って目覚めると、わたしにはいつもと変わらない朝が待っていました。体調の悪さなどは一切感じず、精神的にも安定しています。夫が、念のために掛かりつけ医に行ってみようかと提案しましたが、わたしはその必要性を認めませんでした。美容院で意識を失ったらしいのはまったく一時的な発作で、わたしにはそれ以前と何ら変わらない日常が戻ってきたのでした。

その後一年間、多少物忘れが多くなったり、夜の寝つきが悪くなったり、夜間にトイレに行く回数が増えたりといった状態にはなりましたが、日常生活に大きな支障が生ずることはありませんでした。食事の準備も毎日三回ちゃんとできましたし、買い物や通院などもひとりで自由に車を運転して出かけました。

美容院で意識を失った日からちょうど一年間が過ぎたころ、わたしの体調と生活が劇的な変化に見舞われる出来事が発生しました。

その日、午前一一時の少し前、いつもの買い物から帰ると同時に電話が鳴りました。まだ買い物袋を床に置く前だった気がします。電話の相手は能婦子さんでした。わたしより四歳年長で、五〇代で夫を亡くした未亡人です。今は、わが家から徒歩三分の近さの一軒家で四〇歳を過ぎた独身の息子と二人暮らしをしています。三〇分ほど前に一度電話したら先生（わたしの夫のこと）が出て、間もなく帰るでしょうとの返事をもらったのでかけ直したと前置きしました。

話の内容は、市立病院までわたしの車に乗せていってほしいというものです。なんでも、前の日の午後、家の中で転んで脚を痛め、自宅から看板の見える掛かりつけの内科医を受診したところ、これは自分の診察領域を超えていると言って市立病院への紹介状を書いてくれたのだそうです。夕方、帰宅した息子にその話をしたところ、それじゃ明日にでも出かけたらという程度でそれ以上には進みませんでした。能婦子さんとしては息子に乗せていってもらいたかったのでしょうが、息子の方は仕事の都合がつかなかったのでしょう。それで、運転者として次に思いついたのがわたしという順序であったのです。これまでにも大きな買い物をするときなどはわたしを当てにしていましたし、わたしも別に面倒には感じたりしていませんでしたから当然の流れと言ってよいかと思います。

ところが、その日の午後は美容院の予約が入っていました。約束の時刻は一時半です。わたしがそのことを告げると能婦子さんは、紹介状があるので四時までに病院の受付を通れば大丈夫と説明してくれましたので、二時半頃に自宅に迎えに行く約束をして電話を切りました。

昼食の折、わたしは夫に午後から美容院という予定は告げましたが、そそくさとうどんを啜っている夫は生返事です。書きかけの小説のこの先でも考えているのでしょうか。わたしは、能婦子さんを病院まで連れて行く件には結局何も触れませんでした。早々に食べ終わった夫はまたすぐ二階の書斎に上がってしまいました。それでも、わたしが出がけに、美容院に行ってきます、と階段の下から声をかけると、気をつけて、という返事だけはかえってきました。

美容院では何事もなく終わりました。わたしが、これから知人を乗せて市立病院に出かける話をしたのでいつもより急いでくれたふうでした。能婦子さんは自宅の玄関口で待ち構えていました。いささか気が急いている様子です。わたしは、ここから市立病院までは一五分足らずなので、病院の約束時間には一五分以上の余裕があることなどを告げながら義理の従姉を助手席側の後部座席に乗せて直ちに出発しました。

能婦子さん宅やわが家のある辺りは完全な住宅地で、市立病院医に行くには細道の多いその住宅街をいったん出てしばらく大通りを走り、最後にまた住宅地の一画にある大きな病院に辿り着くという道順になります。結婚して三年ほど経ったころ、夫の盲腸が破れて市立病院で手術を受けたことがありました。わたしが本荘女子高に勤務していたまだ二〇代のころに襲われたのと同じ病態に、夫は定年退職したあとに陥ってしまったのです。その折、着替えなどを持って市立病院に通った経験がありましたので、病院までの道筋はわたしの頭の中に入っていました。

片道一車線ながら両側に歩道を備えた比較的広い昔の国道を快調に進み、ここを右折すれば病院の建物が見えるはずの交差点をわたしは直進車を一台やり過ごしてからゆっくり曲がりました。が、通常なら遠望できるはずの病舎が一分以上走ってもまったく視界に入ってきません。スピードをゆるめてさらに一分近く前進しても、見知らぬ小さなビルや一般家屋が並んでいるだけで病院らしきものは一向に現われません。わたしは道を間違えたことに気づきました。すぐに正しい道に戻る必要があります。わたしは、たまたま空いていた小さな駐車場を見つけて車の向きを変え、今来た道を引き返しましたが、いくらも行かないうちに対向して来た普通車に大きなクラクションを鳴らされてびっくりしました。反射的にスピードを落としました。徐行して近づいて来た相手が窓を開けて大きな声で何かを言い、わたしの側の道路標識を指さしました。狼狽しました。一方通行の標識で、わたしはそこを逆走していたのです。慌てて車を停め、アパートらしい駐車場の一ヵ所が空いているのが見つかりましたので、慎重にハンドル操作をしながらその空間を借りてとりあえず逆走は解消しました。

さしあたっての問題は解決したものの、病院への道は依然として見つかっていません。

わたしは、右折なり左折なりを二度続けて繰り返せば、途中まで順調に走って来た旧国道に出るはずと思いつき、左折を二度繰り返してみましたが、いくら進んでもその国道に出る気配はありません。どうやら完全に道を失ってしまったようです。

「真弓ちゃん、大丈夫？　そろそろ病院の受付が終わる時刻だけど」

「大丈夫よっ」

背後からの能婦子さんの声にわたしはいささか邪慳に応じていましたが、頭の中は急速に真っ白になっていきます。どこをどう走っているのか。病院の周辺地域にいるのは間違いないと想像されますが、肝心の建物自体を視認できないのではどうしようもありません。

「病院に行くのは必ずしも今日でなくてもよいのだから、明日改めて出直すことにして、いったん家に帰りましょう。真弓ちゃん、そのようにして」

能婦子さんの口調は困惑と不安とわたしに対する同情の入り混じったものです。

「分かった。今日は帰るわ」

多少口惜しい気分でわたしはそのように返事しましたが、実際は帰る道筋も見えてはいませんでした。例えば県庁や市役所、あるいは秋田駅の駅舎や自分が勤務した学校などが目に入ればそこからは自然にその先が見えてくるはずですが、そうした建物には一切遭遇せず、かつて通った経験のある道路にも出会いません。それでも、自宅に帰るためには車を動かさねばならず、わたしは、信号には注意しながらも、交差点に差し掛かるとまったくの勘で、直進、左折、右折を繰り返しました。そんな状況が一時間近くも続いたでしょうか、少しずつ夕暮れてくるなかで、わたしは、自分が今秋田市のどの地域を走っているのかまったく分からなくなっていました。

片側一車線の平凡なT字路で直前の乗用車が左折の合図をして曲がりました。具体的な目標のなくなっていたわたしは釣られたように後に続きました。卒然、中央に分離帯をもった片側二車線の大きな道路となり、すぐ、濃い青に純白の文字や矢印が描かれた大きな標識が目に入りました。直進を示す矢印の一番上部に「天徳寺」とあるのをわたしは認めました。このお寺は秋田の地を治めた佐竹藩の菩提寺で、わが家からは徒歩二分の近距離です。わたしはホッとしました。とにかくこのまま直進すれば天徳寺で、そこまで行けばわが家に帰ったも同然です。わたしは少しばかりアクセルを踏み込みました。

二車線のうちの歩道寄りをわたしは走っていたのですが、いくらも行かないうちに工事中の現場に遭遇して追い越し車線に移りました。すぐ右下に高さ一〇センチ、幅一メートルばかりの中央分離帯が続いています。わたしは、自分でこの道路を運転した経験はないけれども、夫の車の助手席に乗って何度か行き来した記憶があるように思い、そのことはわたしにある種の安心感をもたらしました。

直進もそれと交わる道路もそれぞれ中央分離帯を有する片側二車線の大きな十字路を通過した直後、卒然、車体の下からガガガーッという音が響いて車が急停車し、助手席側に白い風船状のものが瞬時にふくらんで、わたしの上体が激しくハンドルにぶつかりました。まったく同時に能婦子さんの「痛いっ」という悲鳴が車内に溢れました。「痛い」は二度三度繰り返されました。バックミラーを覗くと、能婦子さんの丸まった背中がかろうじて見えました。前の座席との間にうずくまっているようです。とにかく家に帰らねばなりません。帰って夫の助けを求めなければなりません。慌てて前方に視線を移したわたしは、自分の車が中央分離帯に乗り上げているのを知りました。動揺しながらも反射的にバックにギアを入れ、アクセルを踏むと車はガタピシ音を発しつつも中央分離帯からは抜け出していました。わたしは前進にギアを入れ直し、直前まで走っていた追い越し車線をふたたび走り始めました。

「真弓ちゃん、足が痛くてしょうがない。車停められない？」

「さっき天徳寺の看板が見えたの。もう少しだから我慢して」

わたしはアクセルを踏み込みました。エンジン音は急速に高くなりましたが、車のスピードはまったく上がらず、分離帯に乗り上げた地点から五〇〇メートルばかり来た辺りで自然に停止してしまいました。アクセルは踏んでいるのにです。

「足が痛くてしょうがないの。誰かに助け求めて」

能婦子さんは涙声になっています。振り返ると、能婦子さんの座っている場所を中心に車内に鮮血が飛び散っています。わたしは事態が容易ならざるものであることを悟りました。

誰かの助けを仰がねばなりません。わたしは車を降り、中央分離帯に立って手を振ってみました。しかし、わたしの走ってきた車線の側にも対向車線の側にも一時停止してくれる車はありません。それどころか、激しくクラクションを鳴らして怒りを露わにしていく乗用車もありました。

「痛いでしょうけど、ちょっと待っててね」

車内に飛び散っている血痕に目を奪われながらも能婦子さんに短く声をかけ、わたしは民家に助けを求めるためにその場を離れました。停車した位置の真ん前が営業中の回転ずし屋さんで、お客さんの入っている様子も窓越しに確認できましたが、わたしは気後れがしてそのお店には声をかけられませんでした。営業妨害になるような気がしたのです。少し歩いてすし屋さんの裏側に回ってみましたが、人家はあるものの人影はまったくなく、わたしは誰かに出会うことを期待してその近辺を適当に歩き回ってみました。しかし、時おり車は通るものの人影は見えません。一〇分か一五分か、そうした行動をしているうちに、これではラチが明かないと思い始めました。営業妨害になっても、確実に人が存在するさっきの回転ずし屋さんに頼るのが一番確実だと思い直してそちらに足を向けましたが、どこまで行ってもお店が現れません。道を間違えたのかと思って反対方向にも向かってみましたが、やはり回転ずしはありませんでした。道は分からないし日は暮れてくるしで、わたしの気持ちは動転したままでした。そのとき、遠くから救急車とパトカーのサイレンがほぼ同時に聞こえてきて両方とも比較的近くで止まりましたが、一、二分でまたすぐそこから遠ざかっていく音がしました。近くで交通事故でも発生したのだろうとわたしは思いました。公衆電話があればそこから自宅に電話できると思いつきましたが、まったく手ぶらで車から出て来ていましたので、かりに電話ボックスが見つかったとしても無一文ではそれも不可能でした。

その後も十数分歩き回りましたがどの道をどのように通ったのかわたしには定かでありません。気がつくとわたしの身体は回転ずし屋さんの前の明るみの中にありました。眼前の幅広い道路をあかあかとライトを点した種々の車が行き交いますが、先刻わたしが能婦子さんとともにそこに残してきたわたしの軽乗用車がありません。記憶違いかと思って左右それぞれの方向に移動してみましたが、車はどこにも見つかりません。能婦子さんごとどこかに運び去られてしまったのです。

最初に中央分離帯に乗り上げた時点でわたしの頭の中はほぼ真っ白でしたが、手足となるはずの車もなくった今は頭の中は完全に空っぽの状態です。ただ一つ、事故直前に目にした「天徳寺」とあった標識だけがわたしの唯一の救いでした。ここからどれくらいの距離があるのか見当もつきませんが、この道を行けば天徳寺には辿り着けるのです。天徳寺まで行けばわが家はそのすぐ近くで、家では夫が待っています。わたしはすっかり帳（とばり）の降りた歩道をノロノロと歩き始めました。ひどくノドが乾いており、ジュースの自動販売機も視野に入りましたが、わたしの財布は他の貴重品とともに車の中に置いたままの状態ですからどうしようもありませんでした。

一〇分も歩いたでしょうか。右手に見えてきた中規模の駐車場にわたしは見覚えがありました。その背後の大きなビルとセットになって既視感が甦っています。秋田大学附属病院です。七、八年前、夫の下腹部に皮膚がんが発見され、夫は大学病院の皮膚科に入院して手術を受けましたが、その折、わたしは下着類などを持って何度も病院を訪れ、いつも、今目の前にある第二駐車場に車を留めたのです。もしかして、今この瞬間も駐車場に留まったままになっているのではないかと思って囲いの金網越しに中を覗き込んでみましたが、普通車が数台放置されているだけでわたしの軽は見当たりません。そう言えばあのころは自分も普通車を運転していたことが思い浮かび、夫の主治医である女性皮膚科医がいかにも利発そうであった印象が脳裡に再生されていました。夫が秋田第一高校に勤務していた当時の教え子だそうで、やはり教え子にあたる彼女のお姉さんは、わたしが能婦子さんを乗せて向かっていた市立病院の産婦人科の医師であることなども連鎖反応的にわたしの頭の中を過りました。夫は、皮膚がんの手術以前から前立腺肥大傾向とかで、大学病院からは徒歩で一〇分の距離にある個人経営の泌尿器科クリニックのお世話になっているのですが、その泌尿器科医のお嬢さん二人がそれぞれ市立病院の産婦人科医と大学病院の皮膚科医なのです。三人のお医者さんのうちわたしが直接会ったことがあるのは皮膚科のお嬢さんだけですが、女性から見ても美人で知的で、「才媛」という楚辞がピッタリの女医さんだとわたしは思っています。

わたしが駐車場に添って病院の構内に入っていったのは、もしかしたらこの才媛の記憶に引かれたからかもしれません。ただ、正面玄関はもうとっくに閉じられていましたので、わたしはウロ覚えのまま、病舎の横手の方に回り込んでいきました。間もなく、「救急病棟出入り口」を示す赤い矢印の看板が目に入り、先刻、わたしの車があったはずの場所付近で救急車のサイレンが鳴っていたのを想起しました。そこだけ煌々とした救急病棟の玄関口に救急車は見えず、パトカーが二台停まっています。わたしは半分夢遊病者のような足取りでそちらに近づいていきました。

「奥さん、お顔のケガ、どうなさいました？」

玄関の大きなガラス扉をあけてすぐ脇のところにいた制服姿の若いお巡りさんが真っ先にわたしを見つけてびっくりしたように声をかけました。

どう答えたらよいものか分からなくて、わたしはただ頭を下げました。その様子に気づいたらしい別の二人のお巡りさんが少し奥まったところから歩み寄ってきて、三人の中で一番年長と思しき中年のお巡りさんが、こちらへどうぞ、と言ってわたしをちょっとした休憩スペースに案内しました。そこに用意されている簡単な椅子にわたしが腰を下ろす前にその警察官は若手に指示して看護師を呼び寄せ、駆けつけてきた男性看護師は、塗布剤とカットバンですばやくわたしの顔面二ヵ所を治療してくれました。とっくに出血は止まっていたようですが、その時まで、わたしは自分が顔に傷を負っていることに気づいていませんでした。胸の付近にも軽い痛みがあってその辺も負傷しているらしいと自覚しましたが、相手が男性ばかりなのでそれは言葉にはしませんでした。

「あっ、真弓ちゃん」

診察室に通じているらしい廊下の角から姿を現した能婦子さんの長男がわたしを認めて小さな声を発しました。わたしを待ちかねていたような雰囲気で、長男はすぐにわたしを三人の警察官に紹介しました。

「ご主人は今どこにおられますか？」

「自宅だと思います」

三人の中ではリーダー格の警官の最初の質問にわたしは短く答えました。昼食後に家を出てからは一度も夫には会っていませんし、電話で話したりということもありませんでしたから、それ以外に答えようがなかったのです。

「ケータイはお持ちでないのですね？」

「はい」

「ご主人もですか？」

「はい」

「以前からですか？」

「主人は、退職直前のころはケータイを使用していたようですが、わたしと結婚した時点ではもうケータイは持っていませんでした」

「そうですか」

リーダーは納得したかのようにその話はそこで打ち切りました。わたしは、なぜ最初にケータイについて訊かれたか訝しく思いました。

引き続き、三人の中では二番目の位置づけになるらしい警察官が、わたしの氏名、生年月日、住所、電話番号などを確かめ、もっとも年若の一人がバインダーを利用してメモを取っていきます。わたしが午後に家を出てからここに到るまでの経緯についてはかなり詳細に訊かれましたが、わたしの記憶にはあいまいな部分が多くてどうも正確には答えられていないようです。話が二転三転といった具合の箇所も出て来て、警察官の方も困惑している様子です。

わたしと少し離れた場所で長男がリーダー格の警官と情報交換をしているふうでしたが、リーダーの指示があったのかどうか、長男がその場で急に携帯電話をかけ始め、それから一〇分余り経ったところでわたしの夫が慌ただしくその場に姿を現しました。夫は、後日、自分は長男からの電話で病院に駆けつけたと言っていましたから、この時の長男の電話がそれであったのでしょう。

夫の出現はわたしをとても安堵させました。運転中に異変が発生して以来、とにかく夫のところに戻って助けてもらわねばと必死になっていたのに、結局は夫のもとまで帰り着けないまま途中で諦めざるをえない状況に追い込まれてしまっていたのです。

警察側も夫の来着を待ちかねていたらしく、夫の到着と同時に最年長のリーダーがやや前のめりになって聴取を始めました。話しぶりから、リーダーは能婦子さんの長男との情報交換は一応済んでいるらしいことが察しられました。わたしを担当していたお巡りさんもわたしの方は一時中断という形でリーダーと夫のやりとりに耳を傾け、時おり、自分の立場かららしい補足をその場に挟んだりしていました。

「間もなく一一時です。時間も遅いですから今日はここまでにして、明日朝八時半に改めて城東警察署に奥様ともどもお出で願えませんでしょうか。こちらから車を出して先導させていただきます」

リーダーが腕時計を確かめながら夫に話しかけています。口調は要請ですが内容は命令なのはわたしにも理解できました。

「承知しました」

夫が短く答え軽く頭を下げましたのでわたしもそれにならいました。

警察官とのその場での折衝はそれで終わりでしたので、夫はすぐに席を移動して能婦子さんの長男と幾つか会話を交わしました。側に寄って聞くともなしに聞いていると、能婦子さんは左足を二本骨折してまだ手術中であること、能婦子さんが前日自宅内で転倒し、受診した掛かりつけ医から市立病院を紹介された事実などが語られていました。夫が、転倒したその日のうちにお母さんを市立病院に連れていってやればよかったのにといったことを長男に告げていましたが、長男は、帰宅するまで転倒については知らなかったし、本人もあまり痛がっているふうではなかったのでとモゴモゴ口にしていました。

夫と長男が話しているところに病院関係者が姿を見せ、先ほどのわたしの顔の治療代の請求書を示しながら、明日来院して会計の窓口で納入するよう指示しました。それで初めて気づいたのでしょう、夫は、骨折して手術中の怪我人の治療費もわが家で負担することになるからそちらの請求書も杜沢宛にしてくれるよう頼み、その場で長男にもその意思を告げていました。わたしの傷の手当の費用はいくらでもありませんでしたが、二本の骨折の治療代金となるとどの程度になるのかわたしには見当もつかなくて、主婦として、本能的な不安が湧いてくるのを抑えられませんでした。

話が途切れたところで長男が手術場の方に姿を消し、程もなく、あとどれぐらい時間を要するのかまだはっきりしないとの情報をわたし達に伝えました。

能婦子さんの手術の様子は気になりましたが、零時を過ぎた時点で夫が長男にお先に失礼する旨を告げてわたし達夫婦はその場を後にしました。わたしどもには明日朝八時半までに城東警察署に出頭する義務が課されており、これから帰宅して簡単にご飯を食べて寝支度をしてという順序になりますので睡眠時間もあまり確保できません。三人の警察官のうち二人はすでに姿を消しており、残った年若の一人もわたし達から離れた所でケータイをいじっていました。

心身ともに疲れているはずなのに、わたしはなかなか寝つかれませんでした。布団に入る直前、事故のあと多少気になっていた胸の辺りを確かめると乳房の上部に小さな傷と出血痕がありました。嫌がるわたしを制して自分の目でも確認した夫は、明日、警察のほうが終わり次第医者に診てもらうことにしようと提案しましたが、わたしはそれほど大げさなものではないと告げ、とりあえず塗り薬と大きめのカットバンで処置しました。

寝つけないのは気持ちの昂ぶりの収まらないのが最大の要因でしたが、わが家の塀の外にパトカーが横づけの状態になってわたし達を監視しているらしいのも原因の一つになっていました。このパトカーは、わたし達が病院から帰宅した時点ですでに塀際に待機しており、不審に思った夫が事情を尋ねると、夜間にわたし達が逃亡するのを防ぐための措置だと答えたそうです。中に乗っているのは二人の男性警察官で、病院にいた人たちとは違うと夫が教えてくれました。パトカーも病院で見かけたものとは違う大型でものものしいタイプです。夫が、この道は通学路になっており、毎朝わたし達夫婦も子どもたちに朝の声がけをしている。その子たちが不安を感じたりするとうまくないので、七時から一五分間ほどは他の場所に移動してもらえないかと懇請するとそれは受け入れられ、実際、翌朝のその時間帯にパトカーの姿は視界には入りませんでした。子どもたちがいつもと変わらずに元気に返してくれるあいさつがわたしにとってつかの間の慰めとなりました。

第一〇章　取り調べ

警察署に着くとわたし達は、鑑識課員と名乗った職員によって、まず、庁舎の裏手に位置する倉庫らしき建物の中に置かれている〝事故車〟の前に連れて行かれました。外見に特別異状はありませんが、中を覗くと助手席に白い袋が半分しぼんだ状態で垂れ下がっています。エアバックが作動したのでしょう。運転席側のは作動した気配がありませんでした。

後部は、能婦子さんが座っていた左側の座席の周辺や窓の一部に血痕があり、一部は床にも散っていました。わたしは、能婦子さんを乗せた時にシートベルトさせていなかったのを思い出しました。通常は助手席に座らせて必ずシートベルトもしてもらうのですが、その日は、能婦子さんが脚の具合がよくないからと言ってみずから後部座席に乗り込み、わたしも後部座席のシートベルトということを忘れていたのです。後部のベルト着用は義務づけられていませんし、だいたい、日常の運転で、わたしが後部座席に誰かを乗せて走るという経験はまずなかったのです。

後部座席の右側の床下に、財布や免許証など貴重品入れのバッグが転がり落ちています。夫がそれに気がつき、すでに車内の写真を撮ったり計測を始めたりしていた鑑識課員の諒解を得てそれを自分の手元に引き寄せました。わたしにも見せましたので中を改めると何も紛失はしていませんでした。

車体のすぐ横に青いビニールシートが敷かれ、そこに黒っぽいズボンが一本置かれていました。ハサミで切り裂いた跡があります。夫が、これは能婦子さんが穿いていたものですかと確認すると、鑑識課員は無造作にそうだと答えました。わたしは、その時初めて、事故当時能婦子さんは黒いズボンを着用していたのだと認識しました。お洒落な能婦子さんは夏も冬もほとんどスカートでズボンは珍しいのです。わたしも、冬場もほとんどスカートですが、これは能婦子さんの影響を受けたのかもしれません。年齢が四つ違いの能婦子さんは、わたしにとって姉のような要素も持ち合わせていたのです。

〝事故車〟の鑑識が一区切りついたところでわたし達は裏口から警察庁舎内に案内され、二方向に大きな窓のある結構開放的な一室で三人の警察官の事情聴取を受けました。昨日の三人組で、それぞれ職種や身分などを明かしてくれましたが、わたしにはことさらな興味がありません。わたしはお巡りさんA、B、Cで区別することにしました。

事情聴取というのでしょうか取り調べというのでしょうか、それはまずわたしがいろいろな書類にハンコを押すところから始まりました。印鑑の持参は昨夜のうちに指示されており、夫が準備してくれました。捺印に続き、指紋を取る、ＤＮＡ鑑定のために唾液を採取するといった作業が時おり人を替えて連続的に行われ、わたしはすなおにその指示に従いました。夫は傍らでそれらのすべてを物珍しそうに見ていました。

警察からの質問にわたしが答えるという一問一答形式の中心になったのは中堅のお巡りさんＢで、リーダー格のお巡りさんＡが多少補助的な質問をしました。若いお巡りさんＣは記録係のようでしきりにメモを取っていました。わたしの側はもちろんわたしが中心になって答えるのですが、間違っている箇所や忘れている部分が少なからずあって、夫が適宜補完してくれました。ただし、能婦子さんを乗せてからわたしが徒歩で大学病院まで辿り着いた足取りなどの経過になると夫もまったく関知していないため、その部分ではかなり停滞しました。警察官に何度訊かれてもわたしの記憶になかったり、記憶が微妙に変化していく部分が少なくなかったのです。そういう意味では、お巡りさんの側もいささか手を焼いたふうでしたが、わたしとしても自分としてはどうしようもなかったのです。わたしは、自分は頭が悪くなったのだと思いました。三〇代から四〇代にかけてのころ、夫がわたしに君はオレよりも頭がいいと何度か言ったことがあり、わたしも満更ではなかったのですが、それはもう遠い過去の物語になっていました。

その日の事情聴取は昼少し前で終わりました。リーダーが、今日はここまでになります。後日、現場検証に立ち会ってもらいますが、その際にまた連絡を差し上げます、と夫に告げました。また警察に出頭しなければならないことが分かってわたしはいささか憂鬱になりましたが、それは表情には出ないよう気をつけました。

翌朝、わたしはいつもどおりに起床して朝食の準備をし、夫と一緒に朝ご飯を食べました。夫が、食器の洗浄が済んだら掛かりつけ医に出かけようと促しましたので、わたしはすなおにそれに従いました。血圧や血糖値の関係でわたしは以前から二週間に一度くらいの割合で内科に通っており、たまたまその日が予約日になっていたのです。もちろん、それまではわたしが自分で車を運転して一人で通院していましたが、もう車は使えませんし、わたし単独では心許ないと夫は判断したようでした。

事故の件も含め、夫がひととおり経緯を説明すると、掛かりつけ医は、わたしが通常服用している薬剤を処方し、それとは別に、このまますぐ脳研に向かうよう指示して、そのための紹介状も書いてくれました。

急なことでしたが、幸いにも診察医はわたしが初めて脳研を受診した際に一過性全健忘症と診断してくれた顔馴染みの医師でした。その時と同様、脳のＭＲＩなど必要な検査を実施し、午後になってから一過性の意識消失発作という診断をもらいました。夫が、それは前の一過性全健忘症と同じですかと確認すると、医師は、前は一応安全に車を停められたが、今回は事故にまで到ってしまったのだから、病状は進んだと考えるしかないと答えました。夫はショックを受けている様子でしたが、わたしも、自分の脳には何かしら病気があるらしいと悟らざるをえませんでした。

帰り際に、掛かりつけ医からの紹介状に対する返信を託されましたのでその足で掛かりつけ医を訪ねると、一読してすぐに事務職員にコピーをとらせ、必要が生じたらこのコピーをためらわずに警察に提出するようにとの言葉を添えて、本来は親展扱いのそのコピーを夫に渡してくれました。内容は分かりませんが、医師から医師への書信ですからその重みは相当なものなのだろうというのは素人でも見当がつきます。わたし達は、掛かりつけ医の予想外のその好意に感謝しました。

警察や脳研の方が先になってしまいましたが、能婦子さんの症状については常に気になっていました。脳研で診察を受けた日の夜、わたしは長男の帰宅時間帯を見計らってこちらから電話しました。二本折れている足の骨の手術は翌日の午前一時過ぎまでかかり、わたしが警察で事情聴取を受けていた一日を能婦子さんは集中治療室で過ごしました。幸いにも命に関わるような心配はなく、現在は整形外科の一般病室に移っているというのが息子の説明でした。わたしが、できるだけ早めにお見舞いに訪れたいと希望すると、今はまだ痛みに耐えている状態なので後日にしてほしいとの返事がかえってきましたので、とりあえずお詫びとお見舞いの言葉を述べてその電話を終えました。

警察署とは別に、運転免許センターからも電話が入りました。同じ県警なのに城東署と免許センターでは仕事の内容が異なるようでした。センターで扱うのは運転免許証に関わる事項だけということのようです。

電話の応対はすべて夫が担当しますが、センターからの連絡は認知症の検査を是非とも受けてほしいという強い要請でした。「認知症」という単語に驚いたのかどうか、夫は最初は強く抵抗していましたが、警察には勝てないと判断したらしくて結局は要請を受け入れました。検査に要する費用はすべてセンターで負担するし、検査場所である脳研への送り迎えもセンターの警察職員が担当するという内容でした。もし認知症の判定が出れば免許取消となるのだそうで、わたしは、免許センターとしてはこの事故は免許取消が相当と判断しているのだろうと想像しました。

電話から一週間後に免許センターの警察職員が朝一番に私服で訪れ、わたしを警察の乗用車に乗せて脳研まで運びました。夫は同行しませんでした。必要なのはわたしだけで、希望しないのであれば配偶者は付き添わなくてもよいのだと若手の警察官は説明しました。

夫もそうですが、わたしも自分を認知症だとは思っていません。それなのに脳研でまた似たような検査を受けなければとひどく気鬱でしたが、やはり逆らえませんでした。以前と同じような検査が午後まで続き、昼食も出ました。しかし、わたしは抗議の意味も含めて一切箸をつけませんでした。

翌日の午後、検査結果が記入された書類を前日の職員が持参しました。中心部分は、「認知症である」「認知症の疑いがある」「認知症ではない」の三択の形になっており、わたしは、「認知症ではない」にチェックが入っていました。わたしは少なからず安堵しました。七四歳のわたしは認知症でないと公的に認定されたのです。

その結果、免許証は「取消」ではなく「停止」となり、その期間は六〇日との連絡が後日届きました。わたしは、夫の強い勧めに従って車の運転はもうやめることにし、免許返納を申し出ましたが、「停止」中の免許証は返納できない規則になっているそうで、返納が実現したのは一二月になってからでした。もちろん、車そのものは、夫の意向でそのずっと前に廃車処分になっていました。

最初の事情聴取から一ヵ月ほど経ったころ、再び城東署から呼び出しがありました。事故の現場検証に立ち会うよう求められたのです。署までは夫の運転するわが家の車で行きましたが、そのあとは警察の乗用車です。いずれも私服の中堅のBさんと若手のCさんが運転席と助手席に座り、わたし達夫婦は後部座席を指示されました。

わたしが中央分離帯に乗り上げた事故の瞬間は近くの防犯カメラに映っているのだそうで、警察側はすでにそれを入手しているとのことでした。夫が是非見せてほしいと願い出、わたしもそれに同調しましたが、捜査資料なので許可できないと断られました。

第二の現場は、最初の事故現場から五〇〇メートルほど北、つまり大学病院やわが家寄りになる地点です。警察の指示に従ってわたし達はふたたび車に乗り、そこまで移動しました。まだ開店前の回転ずしの駐車場から、真っ先に車から出た助手席側のCさんが、当日わたしの車が停車していた正確な場所を指し示してくれました。片側二車線の高さ一〇センチ余りの中央分離帯の一ヵ所に、ぼやけ始めた白いチョークの目印が入っていました。夫が確認すると、この地点のカメラ映像はないとの返事がかえってきました。

二ヵ所の現場を見た後また城東署に戻り、ここからはチームリーダーのAさんも加わって、先日の事情聴取の続きが行われました。一定の日にちが経過したので、前回は事故直後でうまく思い出せなかった部分の記憶も回復しているであろうという見込みのようでした。

聴取のポイントは二点です。一つは、わたしの車が事故の発生した時刻になぜその場所にいたかということです。事故の日の午後に美容室から出て事故現場に到るまでの道筋を、次席のBさんが地図を示しながら細かく問い質してきますが、わたしはどうもうまく答えられません。記憶に濃淡があって不安定なのです。

ポイントの二つ目は事故後、現場から姿を消したあとどこをどう歩いて大学病院に到ったかという謎の追及です。この点に関しては、携帯電話で夫と連絡を取り合っていたのではないかと強く疑われました。しかし、すでに述べましたようにわたし達夫婦はケータイを所有していません。今どきケータイを所持していないとは奇異な夫婦だと思われたようなフシがありますが、わたしは、文明の利器を持っていないことにある種の幸運を感じました。

現場検証から事情聴取へと続いたこの日も正午まで時間がかかりましたが、後日もう一度お話を聞かせてもらうことになると思います。日時については日を改めてご連絡を差し上げます、というリーダーの一言で終了となりました。わたしは少なからず疲れを感じましたが、夫も多少苛立っている気配でした。警察署というのは、一般市民にはそれだけで緊張感をもたらすのです。

もう一度聴取があるというのは気の重い話でしたが、能婦子さんへのお見舞いの件もうまくいっていませんでした。事故の翌々日入院先に行こうとして実現しなかったのはすでに述べたとおりです。それから二週間ほど経ったころ、わたしが能婦子さんの長男に電話して、三日後にお見舞いに出かけるということで了承を得ました。前日のうちに夫の協力も得て見舞いの金品などを準備したのですが、当日の朝、能婦子さんの長女から電話がかかってきました。母は熱があるようなので今日の見舞いは見合わせてほしい、見舞いに来てほしい日は後日改めて電話するという内容でした。東京の大学を出たあと職場結婚して鎌倉市に在住している長女も兄から事故について知らされ、今は実家に戻っているのでした。能婦子さんの子どもはこの二人で、幼いころからよくわたしの家に遊びに来ていましたので、もちろん、わたしは、三つ違いのこの兄妹についてはよく知っていました。妹の方は、わたしが秋田女子高に勤務している当時、そこの生徒でもあったのでした。

わたしは自分の事故について、友人知人はもちろん、親戚の誰にも知らせてはいませんでした。名誉な話ではありませんし、夫の協力のもと、わたし達夫婦の間だけで収め切ることができれば最善と考えたからです。しかし、警察での聴取が繰り返されるなど、事態が容易ならざるものであることはわたしにも自然に理解できるようになってきました。今後の警察の動きいかんによっては弁護士の必要性なども生じてくるのではないかと予想されました。夫は、もしかしたら法的な問題にも発展しかねないと危惧し始めていました。

わたしも数日思案しましたが、夫の方がより深く考えていたようで、わたしの兄の長男である学志に自分で助言を求めました。千葉在住のわたしの兄は長期入院中ですが、まだ独身の長男が母親とともに暮らしているのでそこに電話したのです。兄のところは子どもが三人で、長男は父親と同じT大の法学部を卒業して現在は法律事務所で働いており、長女は東大のロウスクールを出たあと外資系の法律事務所に就職、次女は千葉市役所の職員になっています。夫は、長男つまりわたしの甥にこれまでのいきさつを説明し、秋田市で弁護士を頼むとすればどんな人物がよいかアドバイスしてくれるよう依頼したのです。

数日後に返事があり、弁護士である妹とも相談の結果だと前置きして、秋田市内の中心部に事務所を構える女性弁護士を紹介してよこしましたので、翌日には夫婦でそこを訪れ、刑事でも民事でも、法的な争いになった場合には弁護を担当してもらうよう依頼しました。

弁護士が決まった週の週末、甥っ子が千葉から来秋しました。能婦子さんを見舞うためです。能婦子さんの長男と甥っ子は年齢が近いせいもあるのでしょう、会うとすぐ二人の世界に入っていける間柄のようなのはわたしも知っていました。

甥っ子がわが家に着いたら翌日の日曜日に見舞いに訪れたいと思い、わたしは、能婦子さんの長男の諒解を貰うべく能婦子さん宅に出かけました。徒歩二分の近距離です。

「帰れっ！」

玄関の扉を開けてわたしを認めるや否や長男が大声で叫びました。

「何しに来たっ！　帰れっ！」

激昂が瞬時に最高潮に達しました。

わたしは恐怖を覚えました。身が竦みました。反射的に相手に背中を見せ、小走りにその場を逃れました。

逃げ帰ったわたしを見て夫も甥もびっくりしていましたが、代わりに自分が行くとは言いませんでした。二人ともここは一拍置いてと考えた様子ですが、甥っ子の都合もあって先延ばしにもできないので、翌日の午前中に、夫と学志に促される形で能婦子さんのお見舞いに出かけました。

能婦子さんは、病棟最上階の四人部屋の窓際のベッドで眠っていました。声をかけて起こすのも憚られますのでわたし達は厚いガラス越しに市街地を眺めました。曇り空でしたが、ゆっくり外を見るのはずいぶん久しぶりのようにわたしは思いました。

「あら、真弓ちゃん」

不意に背後から声がかかって振り向くと能婦子さんの視線がこちらに向いています。

「先生もご一緒で」

すぐに夫の存在も認識した能婦子さんですが、その後ちょっと言葉が途切れました。甥っ子を直ちに誰とは認識できなかった様子です。学志が、直接お目にかかるのは三年半ぶりですといったようなことを伝えて補ってあげました。

「能婦子さん、ごめんね」

事故を起こして以来ずっとわたしの心につかえていたひと言が自然にわたしの口をついて出ました。

「痛かったのよ」

小さくうなずいた後、能婦子さんがわたしに視線を合わせてそう言いました。いかにも痛かったという実感がわたしにもよく伝わってきましたが、若い時分から痩せ型で細面の能婦子さんの表情には非難がましいところがなく、多少笑みさえ浮かんでいるようにわたしには見えました。能婦子さんとわたしのこれまでの付き合いや関係性からすれば二人の間には大きな亀裂が入るようなことはないだろうとわたしは何となく期待していたのですが、それがはずれていなかったことが分かってホッとしたのでした。

面接時間内とはいえ、病室に長時間滞在するのは非常識です。わたし達は事前に一五分程度でと打ち合わせていました。手術後の経過や現在の症状を聴いたりしているうちにたちまち時間が過ぎ、予定を五分以上もオーバーしてしまいました。わたし達が多少慌て気味にその場を立ち去ろうとしたとき、能婦子さんが、

「紹介状を書いてもらったその日のうちにタクシーで市立病院に行けばよかった」

と小さくつぶやきました。事故の前日、家の中で転倒して掛かりつけ医で受診した折の

場面を想起しているのは明らかです。そのとおりですよ、とわたしは口に出したい衝動に駆られましたが、さすがにそれはなんとか飲み込みました。

「また来てね」

夫と甥っ子に続いたわたしが隣りの患者との仕切りの白いカーテンに姿を消そうとした瞬間、能婦子さんが今度ははっきりとしかし幾らか淋しげに声をかけました。

「また来るからね」

そう約束してわたしは能婦子さんの病床を離れました。

城東署での三度目つまり最後の事情聴取は前二回とはいささか異なっていました。前の二回は常に夫が傍らにいましたし、相手側もほとんどの場合複数でした。わたし達の話を聞きながらメモを取ったりしていましたが、それはあくまでも手控え程度であったらしく、こちら側から見ても走り書きの範囲を出ないものでした。

しかし、三回目は印鑑を持参するよう前日電話で指示されたうえ、部屋も隣り合ってはいましたが夫婦別々で、相手はそれぞれ一人ずつでした。三方が板壁の狭い一室で閉塞感がありました。机が一個置いてあり、テレビの刑事ものなどで目にする殺風景な取調室そのものでした。

「それではこれから、安土真弓さんのカシツウンテンチショウの容疑について取り調べを始めます」

机上のパソコンを挟んで正対したお巡りさんBは、形式張った口調でわたしにまずそう告げました。わたしの交通事故を担当している三人のうちの中堅の立場にある警察官です。〝容疑〟や〝取り調べ〟といった単語をわたしは初めて向けられたのですが、特別動揺することもありませんでした。カシツウンテンチショウの意味が分からなかったからでしょう。漢字を当てれば「過失運転致傷」だというのは、取り調べが終わった後に夫が教えてくれたものでした。

事のついでといった印象で、眼の前のBさんが、隣室では若手のCさんが夫の取り調べに当たっている由を告げましたので、わたしは、変なところで夫に迷惑をかけることになってしまったといささか自責の念にとらわれました。

わたしへの尋問は多岐にわたりました。最初は、あなたが運転免許証を取得したのはいつでしたかといった単純なものでした。ただ、わたしはその年を覚えていませんでしたので、免許証はそちらに提出させていただいておりますが、と答えると、相手は確かにとひとり言ちて手許を改め、昭和六二年ですと教えてくれました。それはわたしが四三歳のときでした。

次の尋問は、事故の日の午後に、わたしが家を出て美容院に向かい、帰りに能婦子さんを乗せて市立病院へ向かったあと、事故が発生するまでの経緯です。時間、場所、状況などを細かく尋ねられましたが、事故から四ヵ月近く経っているせいもあり、わたしの記憶には曖昧なところが多くてうまく答えられません。簡単な例で言えば、能婦子さんを乗せた場所が能婦子さんの家の玄関前なのかそれとも数歩外に出た路端なのかもはっきりしなくなっているのです。さらに、そこから市立病院に向かう際に中央郵便局前を通ったかどうかも尋ねられましたが、これまたわたしの頭の中ではっきりしていませんでした。わが家から市立病院に赴くには大きく三つのルートがあるのですが、当日そのうちのどれを取ったかを明確には覚えていませんでした。ただ、大学病院の駐車場を利用した経験があるかとの問いには明確に答えることができました。才媛の印象が今も鮮やかな夫の主治医の記憶がわたしと大学病院を結び付けていたのだと思います。

尋問は基本的には一問一答形式で行われ、眼の前で即座にパソコンに打ち込まれていきましたが、なめらかに進んだというわけではありませんでした。わたしの答えがあいまいだったり二転三転したりしたためです。例えば、県庁は運転席からみてどちら側に見えましたかという質問に対して二回目の尋問の折は右と答えていたようなのですが、今回は左と即答したため相手も面食らってしまったといった具合です。右か左かはおろそかにできないらしくて相手はそれを確定すべくわたしに迫ります。迫られたわたしは右なのか左なのか自分でも分からなくなってしまい、最終的には、分かりませんと答えるしかありませんでした。しかし、右か左かはわたしがどのルートを取ったか確定するうえでとても重要なポイントらしく、Bさんは、旦那さんの意見も聞いてみますと言ってしばし隣りの部屋に姿を消しました。

九時頃から始まった尋問は、同じところを行ったり来たりという場面が多くて二時間経っても終わる気配がありません。その間に、Bさんはもう一度夫の部屋に出向き、そこで聞いてきたらしいことをパソコンに打ち込みました。お疲れでしょうがもう少しお付き合いを願います。トイレ休憩が必要であればどうぞと言われましたが、わたしが必要ないと意思表示をしたので尋問はそのまま続きました。トイレの話が出たところで夫の方の取り調べは終わったらしくて、夫が部屋の外に出て行く気配がしました。わたしの取り調べ官は、ご主人は待合所でお待ちですからご心配なくと笑顔で状況を説明してくれましたが、その待合所にも一度足を運んで夫の見解を質してきたようでした。わたしの尋問が終わったのは正午まであと五分といった時点で、さすがにわたしも疲労を感じていました。

警察の次は検察庁でした。警察での最後の取り調べが終わったとき、あとは検察庁からの連絡を待つように言われていましたので、そのつもりでいましたが、その連絡が一ヵ月以上もなくて、もしかしたらここから先は沙汰やみになったのではとわたしは期待したほどでした。

ただ、夫はそのような甘い見方はしておらず、警察から検察には確実に書類が送られているに違いないからそれへの準備をしておくに越したことはないと言って、千葉在住の甥っ子とあれこれ連絡をとっていました。検察に送致され起訴されれば裁判にならざるをえないから、そこまでを見通した対策を考えておかねばといったようなことを言っていました。秋田の検察庁がどこに在るのかも知らないわたしにはどうでもいいようなことのようにも思えましたが、せっかく夫が骨折ってくれているので任せっきりにしていました。

夫は、かねて依頼してある弁護士に連絡してわたしをその事務所に伴い、検察庁ではどのように対応したらよいのか助言を求めました。秋田一高の生徒であった時分に夫の授業を受けたという女性弁護士は、基本的に警察の場合と同じような事柄について訊かれるから、警察で答えたと同じように答えればよいとアドバイスしてくれ、検察も警察と同じで弁護士の立会を認めてくれず、人権擁護という面では日本はまだまだと嘆いていました。

この年の夏、一〇〇回目を迎えた甲子園大会に秋田を代表して出場した県立の農業高校が準優勝して全国的な話題になりました。準優勝は、夫の母校である秋田第一高校がまだ旧制中学校であった時分の第一回大会以来ですし、夫自身、第七六回大会に野球部長としてベンチ入りした経験もあって、夫は毎試合熱心に観戦していました。わたしも一緒にテレビの前に座っていることが多かったのですが、勝利のたびに流れてくる農業高校の校歌の作曲者がわたしの母校の校歌の作曲者でもあると知って一層の親近感を覚えました。「春の小川」「朧月夜」「紅葉（もみじ）」「故郷（ふるさと）」など、日本を代表する抒情歌を数多く世に送り出してくれた作曲家です。女子高校と農業高校で質的にはかなり異なる校種ですが、校歌はいずれも抒情的でわたしはすっかり気に入り、大会期間中に秋田農業の校歌もうたえるようになりました。

　農業高校が奮戦している間に、能婦子さんは大学病院からショートステイの施設に移っていました。入院でなければできない治療はすでに終わっており、あとは週一回の外来診療で充分というところまで回復できたのです。むろんわたし達夫婦はその施設を定期的に訪れて、車椅子生活の能婦子さんを見舞いました。病院での治療費はもちろん、施設の利用料金も車の保険から支払われるようになっていましたのでその点では助かりました。保険の手続きなどは夫がすべてやってくれるのですが、こうした事柄には慎重な夫は最悪の事態でもなんとか対応できるような契約を結んでくれていたのでした。

　検察庁から電話で連絡があったのは一〇月に入ってからで、事故発生時からほぼ五ヵ月が経過していました。夫は、日本の司法は時間がかかると聞いていたけどまったくそのとおりだ、とちょっと苦笑いを見せましたが、ここが山場だと付け加えて表情を引き締めました。わたしは〝山場〟の意味を理解できませんでしたが、気持ちだけはそれにふさわしいものに整えるよう努力しました。

指定された出頭日は朝からよく晴れた心地のよい日でした。わたしは特別緊張もしていませんでしたが、夫はいささか気が張っていたのでしょう、指示された時刻よりも早めに着いたので、ひんやりした待合室で三〇分以上待つ結果になりました。

初めにわたし一人だけが二階の検察官室に誘導されました。和室で言えば五〇畳を超えるようなとても広い部屋で、検察官の仕事机も大きくて頑丈そうでした。検察官という職務や職責にふさわしいものにするとこうした規模になるのだろうと漠然とながら想像しました。公的にも私的にも、それまでわたしは検察官の職にある人に一度も会ったことがありません。何となく、厳めしくて怖い存在というイメージだけが先行していましたが、机を挟んで対座した検察官は、夫と同年代ぐらいの穏やかな人物でした。警察の事情聴取の折に質されたのと同じような事柄を訊かれましたので、わたしも警察に答えたときと同じように答えました。多分、辻褄の合っていない部分などもあったのでしょうが、警察と違って検察官は細かく問い詰めるような姿勢は見せず、わたしとしてはある意味気楽に対応できました。

わたしを尋問してもあまり期待した返答が得られないと判断したのかそれとも時間の関

係なのか、検察官は、一時間にも達しないうちに、助手のような青年に指示して夫を呼び寄せ、わたしの隣りに座らせました。

「どうして、一過性全健忘症の時点で奥さんに運転をやめさせなかったのですか」

夫が初対面のあいさつをしようとするのを遮るような形で、検察官がそのように問いました。結構厳しくて、咎めるような語調になっています。

「脳研の先生が、運転しても差し支えないと仰ったからです」

検察官の問いを想定していたのかどうか夫は即座にそのように答え、間を置かずに、

「先生は、なんならここからの帰り道に運転していっても構わないとも付け加えられました。ただし、その日は私の車で出かけていましたのでその必要はありませんでしたが。それでも、怖いので事故後二週間ほどは運転を控え、そのあとで、私が助手席に乗って最初はゆっくり町内を一周、さらに、日数をかけて距離を延ばし、スピードを上げていって車の運転に馴れさせるようにしました」

と付言しました。警察でも同じ答弁をしているのでセリフは全部頭に入っているふうでした。

そうした経緯に初めて接したらしい検察官は手元の用紙に何事かをメモしましたが、むろん、わたし達のところからはその内容は分かりませんでした。

わたしが運転を継続しても大丈夫であったかどうかにかかわるこの部分は結構重要らしくて夫は、わたしの掛かりつけ医の紹介状に対する脳研からの返信のコピーも警察に提出していたのですが、それは検察には届いていないようでした。その返信によれば、運転しても大丈夫という脳研側の見解は瞭然としているのです。

検察官は次に、城東署では捜査資料だからという理由で見せてくれなかった防犯カメラの映像を大型のパソコン画面で見せてくれました。わたしの軽乗用車は中央分離帯に直線的に突っ込んで急停車しています。助手に手伝わせて繰り返してくれましたがブレーキランプは点いておらず、路上を注意して見てもブレーキ痕のようなものもありません。

わたしの車はそこからさらに五〇〇メートルほど北上し、その地点で停止しました。わたしはそこで車から降り、通りすがりの車に手を振って助けを求めたのですが、残念ながらその部分の映像はありませんでした。

「被害者への見舞いはどうなっていますか？」

検察官の質問が変わりました。これも夫が警察で述べてあるのですが、検察まで来ていないのでしょうか、それとも来ていても信憑性に疑いを持っているのでしょうか。夫がかいつまんでこれまでの経過を説明し、ついでにという間合いで、能婦子さんの治療費や施設の滞在費などはすべて保険でまかなわれている旨を伝えました。

「それでは、その保険の契約書を見せていただけませんか」

身体の大きさに比して細声の検察官の物言いは、形は疑問ですが口吻は命令です。

「あいにく今は持って来ておりませんので、このあと帰り次第改めて持参いたします。午後一時までには提出できると思います」

夫が即答しました。わたしはその契約書がどこにあるか知っていませんでしたので、夫の準備のよさに感心しました。夫は、それならそれと事前に連絡してくれればよいのにと思っているに違いないとわたしは忖度したりしました。

最初からその予定であったようで、夫への聴取は一〇分ほどで終わりました。わたしと合わせて一時間少々というところでした。

「次回についてはこのまま待っていればいいのですね？」

夫が念押しすると、検察官の顔にやや意外の表情が浮かびました。

「警察では合計三回の事情聴取があったもんですから……」

夫が弁解口調になって言うと、検察官の口元にかすかな笑みが洩れたようにわたしには見えました。わたし達が三回城東署に出頭を命じられた事実も検察には伝わっていなかったのかもしれません。

第一一章　要介護

　わたし達が居住している地域は完全な住宅街で、買い物は外に出て行かなければなりません。徒歩で二〇分の所に小型のスーパーがありますが、ここは品数も少ないし鮮度も充分でないように思えてあまり気が進みません。車で一五分走ると大型のスーパーがあり、大抵のものはここで買い揃えることができます。事故の数ヵ月前から、わたしは毎日午前中にこの大型スーパーに通うのを慣わしにしていました。夫から、別に毎日でなくてもいいんじゃないのと、苦情めいた口調で言われたことがありましたが、食材は常に新鮮なものをというのが母親譲りのモットーになっていましたので、免許返納後も夫に頼み込んで毎日大型店に通うようにしていました。ただ、夫の都合で必ず午前中というわけにもいかず、一週間に一、二度は午後の日もありました。

　その日も午後でした。レジで精算してもらったら代金は三八〇〇円です。わたしが財布の中を改めると一万円札二枚と千円札三枚、それにコインがいくらか入っています。コインで八〇〇円分あれば好都合でしたがそこまでは達していませんでしたので、わたしは一万円札と千円札をそれぞれ一枚ずつ抜き出し、

「三八〇〇円のうち、三〇〇〇円を一万円札から、八〇〇円を千円札から取ってください」

と言ってレジの女性に渡しました。制服姿のレジ係の顔に一瞬怪訝そうな表情が浮かびましたがそれはすぐに消え、営業上の笑顔で会計を済ませてくれました。

帰途の車に乗ると同時に夫が、

「さっきは一万円札一枚を出せば簡単だったんでない？」

と指摘しました。わたしは即座にはその意味が分からず、買い物の細かいところまで口出ししないでと軽い反発を覚えましたが、わが家に到着するころになってようやく夫の言うとおりだと納得した次第でした。

このことがあったちょうど一週間後が脳研の定期通院日に当たっていました。わたしの隣りに座った夫が、何を思ったのか、最初に一過性全健忘症と診断してくれた医師にスーパーでの様子を具体的に伝えました。今は脳研における主治医になっているその医師は、それは変ですねと言いながらパソコンにちょっとメモをしましたが、わたし達に対して特別の説明はありませんでした。

それから一ヵ月ほど経過して平成が令和に代替わりしました。わたしが時どき夫の小言

に接するようになったのはその前後からです。わたしの夫は、社会正義に反するような事件や事態には声を上げるほうですが、家庭内で大きな声を出すことはありません。最近多くなってきているらしいＤＶ（家庭内暴力）ともまったく無縁です。別にお金があるわけではありませんが、基本的に〝金持ち喧嘩せず〟のタイプなのです。その夫がわたしに注意したり時には叱責したりするようになったのです。

記憶に残っている最初は、客人に出したお茶にはちみつを入れたときです。

夫の書籍の入手方法は、書店に出向いて直接という場合もありますが、多くは、現職時代から五〇年も馴染みの本屋さんを通じてになっています。便乗してわたしも料理関係と健康関係の月刊誌を配達してもらっています。そのため毎月一回集金に来てもらうのですが、出入りしてくれるのは夫の秋田一高の後輩でもありますので、いつも居間に招じ入れて雑談を交わすのが慣わしです。買い物と通院以外にあまり外出する機会のないわたし達夫婦にとっては世間の事情に触れるよい機会でもあるのです。

その月の最後の月曜日を集金日としてお願いしていますが、その日も来宅と同時にお茶とお菓子を出しました。いつもよりお茶を美味しくと思ったわたしは、その日のお茶にはちみつを入れました。いつもすべて食べてすべて飲んでくれるので気持ちがいいのですが、その日は、客人はお菓子は食べてくれたものの、お茶はひと口飲んだだけでやめてしまいました。お代わりする日も多いので、わたしは何度か喫茶を勧めたのですが、結局は大半は飲んでもらえないまま残ってしまいました。

客人が帰ったあと、夫が同じものを出してくれと所望しましたのでやはりはちみつを入れたところ、ひと口含んだだけでやめました。

「はちみつを入れた？」

「ええ」

「コーヒーや紅茶ならまだ分かるけど、緑茶にはちみつなんて一〇〇パーセントないよ」

「それはあなたの固定観念です。わたしはこのほうが美味しいと思ったのです」

「馬鹿馬鹿しいにも程がある」

夫は軽蔑の念を隠していません。声に怒気もこもっています。

「わたしは馬鹿ではありません。秋田女子高を卒業する際は成績一番で、五〇〇人の卒業生を代表して答辞を読みました」

「それとこれとは何の関係もないよ」

そう言って夫は苦笑いしましたが、それはすぐ淋しさのような表情に変わりました。これまでわたしが目にしたことのない歪(いびつ)さもそこには含まれていました。わたしはその原因が分かりませんでした。分からないまま、その後もはちみつはよく使い、それとは別に、味噌汁の味噌の代わりにマヨネーズを入れたりしたこともありました。そのときは、味噌よりマヨネーズの方が美味しいと思ったのです。そうした折にも夫の顔にはわたしの理解できない複雑な表情が浮かんでいました。

そうした事柄が重なったある日、なんとなく身体がだるくて熱っぽいので体温を測ろうとしましたが体温計が見つかりません。それでも、熱があるようなので夫に三八度五分の熱があると訴えたところ、夫が、体温計はどこにあったの？　と問い返してきましので、わたしは、これで測ったのと言ってテレビのリモコンを差し出しました。夫は一瞬ギョッとした表情を見せた後、それで体温は測れないよ、となぐさめるように言いました。

砂糖と塩を取り違えたこともあります。このときはさすがにわたしもバツが悪くて笑ってごまかしてしまいました。夫もそれに付き合ってくれましたが、わたしに異変を感じたような気配は見てとれました。

その後、砂糖と塩はかならず舐めて区別するようにしましたが、それについては夫には隠したままにしておきました。弱みを見せたくなかったのです。以前はまったくなかった尿もれなども時おり発生するようになって、わたしはひとり気に病んでいたものの、これまた夫には秘密にしました。

この当時、脳研の受診は四週間に一回のペースでした。しかし、夫はわたしの日常の言動に不安を感じたらしくて、〝はちみつ事件〟後のわたしに関わる種々の異変をまとめて報告し、主治医の見解を仰ぎました。実直そうな主治医はすぐにＭＲＩ検査を実施しましたが、画像のうえからは脳の器質的な障害は見つからないというのが結論でした。

「奥さんの症状はこの病院の専門領域を超えている可能性があります。当院は、何らかの理由で脳に器質的障害があったり、脳梗塞など脳に関わる病気と明確に判断できる場合には大きな力を発揮しますが、奥さんの現在のような言動をきちんと説明・治療するとなると、例えば認知症専門の病院などを受診するのが適切ではないかと考えます。ご主人にお心当たりがあればそこで結構ですし、なければ、しかるべきところを紹介することも可能ですが……」

主治医は多少申し訳なさそうな面持ちで語尾をあいまいにしました。

わたしは、自分が認知症などとは想像だにしたことがありませんし、その点は夫も同様のようで、すぐには主治医の提案に反応できません。

「どうでしょう、こちらで認知症が専門のところをご紹介しましょうか？」

わたしども夫婦の沈黙をほぐすかのように主治医が先を急ぎました。すべてが予約制の脳研では患者が後にもたくさん控えているのです。

「すみません。それでは、松美ヶ丘病院の藤崎先生のところをお願いできればと思うんですが」

「藤崎先生ですか。お知り合いですか？」

「高校時代の同級生なんです。学部は違いますが、大学も同じです」

「藤崎先生なら安心です。われわれの大先輩でもありますから。すばらしい先生とお友達ですね」

そう言って主治医はやわらかな笑顔を見せました。いかにもピッタリな選択と喜んでくれているのがわたしにも分かりました。

夫の挙げた病院名もそこのお医者さんのお名前もわたしは時おり夫から耳にしていますので知っていました。松美ヶ丘病院というのは、夫が創作活動を始めて数年経ったころ、精神的な不調に陥って治療してもらった病院なのだそうです。当時結婚生活を送っていた前の奥さんが能代保健所に勤務して精神衛生分野の仕事を担当しており、夫の変調に気づいて松美ヶ丘病院を受診させたらしいのです。能代には私立の大きな精神病院があり、その病院では奥さんにお中元やお歳暮を届けていました。地域の病院の監督官庁は保健所なのでしょうか。しかし、当時の奥さんは、付け届けするような病院はあまり当てにならない、秋田市の松美ヶ丘病院に中林先生というすばらしいお医者さんがいるからということで、その先生の外来診察日を確かめて夫を受診させてくれたという経緯であったそうです。夫がわたしに前の奥さんについて話すことはほとんどありませんが、この事実だけは直接語ってくれましたし、自伝的小説にも登場しますのでわたしも承知しており、前の奥さんに感謝もしています。その後も創作活動を続けている夫はやはり時おり変調をきたすようで今でも年に何度か松美ヶ丘病院に出かけます。中林先生はすでに他の病院に移籍なさっていますが、今でも年賀状の交換などはしていただいているようです。

松美ヶ丘病院は、その名のとおり見事な松林に囲まれています。この地域一帯は、江戸時代の後期に、秋田藩の砂留方(すなどめがた)の下級武士であった栗田定之丞(くりたさだのじょう)という人物が、海岸からの大量の飛砂防止のために大規模な植林をした地域で、病院はその一隅を切り開いて建てられたらしいのです。結婚前、わたしの夫はその栗田定之丞を主人公にした小説を書いたことがありました。取材のために何度もこの松林を訪れていたようなのですが、一度だけ、散歩を兼ねてということでわたしにも声がかかり、わたしも閑静な松林の中を散策した経験がありましたので、どことなくこの周辺には既視感がありました。

松美ヶ丘病院の藤崎俊介医師は、秋田第一高校で夫と同級でしたし、仙台にあるＴ大でも同窓でした。Ｔ大卒業と同時に秋田大学に勤務、助教授に昇任して数年経過した時点でＪＡ系統の大病院の外科部長として転出し、程もなくそこの院長に就任して長くその職責を果たしました。退任後松美ヶ丘病院に移り、主として認知症の治療と研究に従事しながら現在に到っているという経歴だと夫が話してくれました。

「初めまして、奥さん。ご主人と高校時代に同級であった藤崎です。杜沢君にはいろいろお世話になっています」

松美ヶ丘病院での最初の診察の日、藤崎先生はそのようにわたしに初対面のあいさつをしてくれました。わたしはそれまで、内科の掛かりつけ医だけでなく、歯科、眼科、整形外科など少なくない診療科目の診察を受けてきていますが、お医者さんのほうから丁寧な初対面のあいさつをしていただいたのは初めてです。

「どうぞよろしくお願いいたします」

どう反応してよいか分からなくて、わたしはごく平凡なあいさつを返していました。

「いろいろご面倒をおかけするけど、何分よろしくお願いしたい。松美ヶ丘病院には夫婦でお世話になることになって面目ないけれど、頼るところはもうここしかないんだ」

そう言って夫が深く頭を下げましたのでわたしもそれに合わせました。

「あまり固くならないで。とくに奥さんのほうは、万事伸び伸びとやってほしいし、杜沢君もその方向で協力してもらえればありがたい」

白髪の似合う藤崎先生は笑顔を見せたままです。患者と同時にかつての同級生にも向き合っているので対応は一般の患者よりは難しいのだろうと想像されましたが、そうしたことは先生の言動からは一切感じられませんでした。

先生はまず、わたしに今日の日付や生年月日などを中心に簡単な問診をし、すでに脳研から送られてきているらしい資料の一部を夫にも確認、とりあえずは脳の血流検査というものを受けるよう指示しました。それによって認知症かどうかを確認できるだけでなく、四種類ある認知症のどのタイプなのかも識別できると説明してくれました。ただ、大掛かりなその検査装置は松美ヶ丘病院では備えていないため、先生がかつて院長を務めた大病院に足を運んでもらう必要があると付け加えました。わたし達は即座に承諾し、そちらの病院と日程について連絡をとってもらうようお願いして初日の診察を終わりました。

診察室を出る間際に、先生と夫との間で来月の玉樹会の出欠について言葉が交わされました。玉樹会というのは夫たちが毎月一回開いている昼食会です。患者、つまりわたしの頭越しという印象でわたしは多少の不信とある種のほほえましさを覚えましたが、仕事の都合で欠席の先生と違って夫が出席と答えたのにはちょっとばかり嬉しさを感じました。

というのも、わが家では朝、昼、晩の三食を必ずきちんと摂りますからその準備や後片づけは楽とは言えないのです。父が退職後の安土家では母がきちんとそれを守っているのをわたしは目の当たりにしていましたし、二人とも退職した後に結婚したわが家では最初からそれが普通になっていて馴れてはいたのですが、たとえ昼食でも一食抜けると主婦としてはその分楽ではあるのです。わたしは、玉樹会の前日の夜はカレーライスにし、わたしひとりになる当日の昼はその残りを食べることにしようと漠然と思い巡らしていました。

夫は勤め人ではありませんからいわゆる出張はありません。ただ、年一回だけながら、わたしの二カ所目の勤務地である本荘市に車を走らせます。そこに、地域のお母さんたちで結成している読書サークルがあり、その指導にお招きいただいているのです。その日も夫は外食になります。

本荘にかぎらず、県北でも県南でもお声がかかれば夫はどこへでも出かけますが、秋田市内の場合を含め、指導や講演の内容をわたしに語ってくれることはまずありません。これは出版に関しても同様で、小説を出したから読めと勧められたことは一度もありません。居間などに適当に置かれているのをたまたま見つけてわたしが勝手に読んでいるだけです。

わたしの父は、校長職にあった時分、入学式や卒業式の式辞などは必ず事前に母の前で音読して母の感想や批評を求めていたものでした。それを想い起こしてわたしは、父と夫はタイプの違う男性なのだろうと受けとめています。

血流検査の結果、わたしはアルツハイマー型の認知症と診断されました。認知症の六割を占める、そういう意味では一般的な認知症で、特殊なたんぱく質が脳内に溜まることがきっかけで発症する病気だと藤崎先生は付け加えました。

夫もそのようでしたが、わたしは認知症をすぐには受け入れられませんでした。高校や大学時代の成績を想い起こしても、わたしは、頭が悪いとは自分では思っていなかったのです。学校の成績と認知症の間には何の関係もないことをわたしはまるで承知していませんでしたし、認知症というものを受け入れることに強い抵抗を感じていたのです。わたしはいつまでも〝頭のよい人〟でいたかったのです。

そのころからわたしはよく夢をみるようになりました。何の脈絡もない、翌朝目覚めてしまえばすべて忘れ去っているたわいのない夢がほとんどですが、その夜にみた夢は違っていました。

小学校低学年のわたしは父と一緒に海水浴に出かけていました。なぜか母も兄もいません。常にはないことです。父と二人だけで海水に浸かっているのです。わたしは急に尿意を覚え、どうしたらよいか父に相談しました。父は、このまま海の中におしっこしてしまうように指示しました。わたしが恥ずかしいから嫌だと意思表示すると、父は、海はとても広いし塩分を含んでいて消毒作用があるから心配ないと諭しました。父の説得をすべて信じたわけではありませんが、わたしはもう堪え切れなくなってその場で放尿しました。股間のあたりが一瞬温もり、直後に、前よりも冷たくなりました。わたしはそこで目が覚めました。

腰から下の辺りがびっしょり濡れています。電気を点けて確かめると、パジャマはもちろん、シーツからさらには布団まで濡れてしまっています。わたしは失禁したことに気づきました。このままにしておくわけにはいきません。下着とパジャマは取り替えましたが、シーツと布団はアイロンで乾かすことにしてその作業に入りました。

そのとき、二階から夫の降りて来る足音が聞こえました。二階で寝ている夫が夜中に階下のわたしの部屋に入ってくることなど滅多にありませんでしたが、何か異変を感じたのでしょう。部屋の中の様子を一瞥して夫はすぐに事態を察知したようでした。夫は、おしっこをもらしてしまったんだねと言いながら、わたしにアイロンをやめさせ、濡れた物を廊下に出すとともに、押入れから予備の布団とシーツを取り出して寝床を整え直してくれました。わたしはただ黙ってそれを眺め、準備ができたところでふたたび夜具に入りました。夫は、おやすみと言って二階に上がり、わたしはそのまま寝込んで、翌朝六時にいつもと同じように起床しました。

真夜中の失禁・アイロン掛けは、わたしよりも夫のほうに大きなショックを与えたようです。それまでのわたしのあれこれに夫はその場しのぎの対応をしていました。夫もわたしも、ボケとか認知症に対する知識や経験といったものはまったく持ち合わせておらず、その日暮らしでなんとかやりくりしてきたのです。しかしそれではとても乗り切れないということを夫は悟った様子です。介護に関わって抜本的な対策が必要だと認識したようでした。

手始めに夫は、わたしに告げたうえで、町内在住の民生委員に相談しました。わたしが秋田中部高校に勤務していた当時そこの養護教諭の職にあった女性です。ご主人は秋田大学英語科の先輩で現在は名誉教授に任じられています。夫が、秋田女子高に留学してきたスーザンの保護者を引き受けて間もないころ、ＡＦＳの秋田支部長の任にもありましたので、夫もその方面を中心に面識がありました。先生宅とわが家は徒歩五分の距離ですので、ご夫妻とは路上で面合わせする機会もあります。

夫の相談を受けた夫人の民生委員はすぐに包括支援センターという組織を斡旋してくれました。介護に関わることのすべてはそこから始まるらしいのです。幸いにもそのセンターは、わが家から一部一〇階建ての建物の上部が見える介護施設の中で仕事をしており、夫の伯母は三年前にそこの四階で一〇四歳の長寿を全うしたという因縁もあって、わたし達夫婦は、内容もよく知らないそのセンターに最初から親近感をもっていました。

夫が、明日にはセンターに連絡しようと心づもりしていた当日に、わたしの兄の訃報が届きました。わたしより二歳年長で夫と同じ年齢になります。在京のテレビ会社を定年退職して間もないころから体調を崩し、あれこれの治療を受けたり療養したりしていたのですが、結局は寿命がそこまでということであったようです。わたしとしては、住まいのある千葉まで出かけたかったのですが、もう一人でそこまで赴く自信はなく、夫の姿勢も消極的でした。故人の遺志に従って葬送の儀のようなものは行われませんでしたので、わたし達が駆け付けなくても許してもらえるだろうと判断したのでした。

兄の死を朝食中の電話で知り、その日一日わたしは涙がとまりませんでしたが、翌日になると何とか自分の気持ちを立て直すことができました。わたしは包括支援センターの職員を受け入れねばならないのです。

センターから来てくれたのはベテランの女性保健師です。介護の世界に足を踏み入れるのが初めてになるわたしと夫は、初対面のあいさつの後、好奇心も手伝って、夫を中心にさまざまな質問をしましたが、面差しのやわらかな保健師さんはそれらのすべてに丁寧に回答してくれました。わたし達は、結構複雑らしい介護の世界のアウトラインが大体分かったような気分になりました。

「杜沢さんの場合は、まず介護度の認定を受ける必要がありますね。すべてはそこから始まるんです」

大まかな説明が終わったところで保健師が表情を改め、本題に入りました。

「介護度には、軽い方から順に、要支援一、要支援二、要介護一、要介護二、要介護三、要介護四、要介護五という七段階があります。杜沢さんの現在の状況を市役所の担当者に見てもらい、それに基づいて、専門家から成る委員会で、杜沢さんはどの段階に位置づけられるかを判定してもらうのです。認定の申請書などは私どものほうで準備しますし、この段階では費用は一切かかりません」

介護の領域にまったく素人の人間にも分かりやすい説明で、わたしも夫もひとまず安堵しました。安堵の内容は、もやもやしていた自分がとにかく関係筋に接点を持てたらしいということと、この女性ならすべてお任せして大丈夫ということの二点です。

市役所の調査員が訪れたのは、保健師来訪の二週間後で、そのさらに一ヵ月後には、わたしは要介護一の段階にある旨の認定書が届きました。要支援の段階を飛び越えていますのでわたしは少々びっくりしましたし、夫は少なからぬショックを受けたようでした。他人に怪我をさせるほどの交通事故を起こしているのだから、妻の状態はその程度まで進んでいたのであろうと自分を得心させた様子です。事故直後の脳研の診断では「認知症ではない」とされたものの、事故のショックもあってかそのあと間を置かずに発症し、急速に症状が進んだのかもしれません。認知症の発症や進行は、本人はもちろん家族もなかなか気づき難いものだと言われているそうですが、その話はまったくそのとおりだとわたしも夫も実感した次第でした。

要介護一の認定を松美ヶ丘病院で報告すると、藤崎医師は、介護保険を積極的に利用するよう助言してくださり、とりあえずとしてヘルパーやデイサービスの活用を挙げました。アドバイスに従ってまず夫が依頼したのはヘルパーです。週に一回、可愛い太陽の夕食の準備がある土曜日に来てもらう契約をひまわり会と結んだのです。ひまわり会は、最初にわが家に来てくれた保健師が所属している福祉団体です。

本音を言えば、わたし自身はヘルパーの力など借りたくなかったのですが、事故以後どうも料理がうまくできなくなっている事実は認めざるをえません。以前は無意識のうちにできた味付けなどがうまくできなくなっているのです。定年退職のその日まで母の用意してくれた弁当持参で出勤していたわたしは、恥ずかしいことながら、もともと料理のレパートリーは狭く、手順も我ながらおぼつかないところもあります。退職と同時に結婚してからは、料理関係の月刊誌なども購入して勉強していますが、とてものことに結婚前の遅れを取り戻すまでには到っていないのです。その状況からさらに支障をきたすようになってきたのですから、毎日の食事も貧弱になりつつあったのです。

ヘルパーのサービス提供時間は基本は六〇分です。ヘルパーの介護には身体介護と生活介護があり、それらを組み合わせると九〇分とか一二〇分も可能です。しかも、時間が一・五倍とか二倍になっても、料金が直ちに五割増しとか二倍になるというわけではありません。

この世界に疎いわたし達は、最初は基本の六〇分でお願いしたものの、夫の判断ですぐに九〇分に切り替えてもらい、落ち着いたサービスを受けることができました。ヘルパーの来宅前にわたしがある程度下ごしらえをしておきますので、調理の補助だけでは時間が余る場合もあり、そんなときは衣服の整理や掃除などの手伝いもしてもらいました。わたしが認めたくなくても認知症は少しずつ進みつつあるのでしょう、季節に合わせた衣類の洗濯や家全体の掃除などが徐々に滞りがちになっていて、家の中がどこか埃っぽくなって来ていましたから、そうした状況の改善にも少なからず役立ちました。

ただ、介護の世界は人手不足が慢性化しているのだそうで、なかなかこれといった人材には巡り合いませんでした。土曜日は原則として毎月四回ありますが、四回とも同じ人が来てくれるというわけではありません。極端な場合は一週ごとに違う女性という月もありました。ヘルパーは文字どおり助ける人で、主体はあくまで利用者つまりわたしです。わたしがまず手を着けて、わたしの及ばないところをヘルパーが助けてくれるのが制度の本来の趣旨かと思います。しかし、実際問題としては、ボケや認知症の症状のある人間はヘルパーにとってももどかしいのでしょう、その日のメニューを告げると最初から何もかも自分でやってしまうというヘルパーもいないわけではありませんでした。わたしとしては、多少なりとも料理する楽しみを奪われてしまったような喪失感を覚えるのですが、せっかく来てくれているのだからと思って、不満を吐露したことはありませんでした。

そうしたなかでも、一人だけ優秀な三〇代のヘルパーさんがいて、この人と会える日は朝から楽しい気分でした。わたしが感心したそのヘルパーさんは、わたしが認知症にかかっていることをきちんと理解したうえで、口頭で指示するところは指示し、自分が直接手伝うべきところは過不足なく手伝ってという具合で、あくまでわたし中心で活動してくれたのです。ただ、残念ながら、女のお子さんを二人抱えて家庭的にもいろいろ困難のあるらしいその女性は、五、六回わが家に来てくれただけで、ヘルパーの仕事そのものから退いてしまいました。わたしにとっては大変残念な結果になった次第でした。

必ずしも優秀でなくても、太陽の関係があるので、毎週土曜日はヘルパーは欠かせません。ひまわり会にその点は強く要望しましたが、同会ではヘルパーの人材が不足しているのに依頼者が多くてわが家の希望には添ってもらえない状況になっていきました。月四回でなく、ギリギリ三回までならということになったのです。

困惑した夫は、亡くなったわたしの兄の連れ合いに電話して相談しました。薬剤師ですが、ケアマネージャーの資格を有しているのでアドバイスをお願いしたのです。やはり毎週きちんと来てもらえるヘルパーを要請すべきだというのが答えで、この際ケアマネージャーを変えてみるのも一案だと付け加えました。

この前後、一ヵ月ばかりの間に、わたしは二回路上で転倒しました。

わが家の近くに、秋田藩を治めた佐竹家の菩提寺「天徳寺」があることは前に述べました。江戸時代後期に建てられた古刹（こさつ）ですが当時の様子を描いたスケッチが残っています。それによると、寺の前の参道に松並木があり、そのごく一部が今も残っています。三〇〇年も経つので根の一部が歩道上に盛り上がり、わたしはそれにつまずいて転んでしまったのです。実は、その日は午前中に夫とともに買い物を済ませていたのですが、夫が午後から講演の仕事に出かけましたので、わたしは徒歩で改めて同じスーパーに赴きました。両手にレジ袋を提げて帰って来たのですが、その地点は普段は夫の車に乗って通る場所なので、松の根元にまで注意を向けることはありませんでした。両手がふさがっていたわたしは顔から地面に落ちたらしくて口元に鋭い痛みを感じました。たまたま通りかかった車からご夫婦らしい中年の男女が降りてきてわたしが起き上がるのを手伝い、レジ袋を自分たちで持ってわが家まで送ってくださいました。お二人が帰ったあと、口の中に違和感を覚えて確認すると少なからず出血しており、入れ歯ですが、前歯の一部が欠け落ちていました。欠片は道路に落ちてしまったのかそれとも飲み込んでしまったのか、目の届く範囲には見当たりませんでした。痛みはあるものの、冷やせば収まるだろうと期待して濡れタオルを口元に当て、レジ袋の中身を取り出すと、ほとんどは午前中に夫と出かけた際に購入してきたのと同じ食品でした。この事実が明らかになれば夫に叱られるに違いないと判断したわたしは、転倒は夫には内緒にしておくつもりでしたが、帰宅した夫はすぐに異常に気づきました。口の周りに青あざができていて異変は歴然としていたのです。夫は、掛かりつけの歯科医院がまだ開業中であるのを電話で確認してわたしを連れて行き、歯科ではとりあえず必要な処置を講じてくれて大事に到ることはありませんでした。

二度目の転倒は、一回目とは反対側にある踏切りの近くです。いつものように夫の車で買い物を終えたわたしは、昼食中に、食用油を買い忘れたのを思い出しました。その日の朝刊に入ってきたチラシに、普段は行かない中型スーパーの油の割引広告が載っており、わたしは午後一時ごろ家を出てそこに向かいました。いつも利用するスーパーとは逆方向ですが、踏切りを渡って間もなくの地点で、徒歩三〇分ほどの距離です。夫は昼食を終えると同時に二階に上がっていましたし、食用油を買ってくるだけなので夫には声をかけずに家を後にしました。

目的の油を購入し、冷やかしに店内を一巡して外に出た時、わたしの前には見馴れない建物が立ち並んでいました。出入口が複数あって、わたしは入ったところとは違うドアを押し開けたようでした。

見知らぬ風景ですが、踏切りまで行けばあとは大丈夫と考えたわたしは、踏切りはこちらと思った方向にとりあえず足を踏み出しました。しかし、三〇分歩いても踏切りには出会わず、気がつくと県庁の建物の一部が家並み越しに見えています。まるで逆の方向に歩いているのです。ただ、県庁は、かつてわたしの務めた経験のある秋田中部高校からそんなに遠くなく、中部高校に行けばあとは無事に帰宅できるだろうと思案しました。

県庁前には人通りがたくさんありますし、屋根つきのバス停も整備されています。わたしは、たまたまバス停の中にいたわたしと同年配の女性に声をかけてそこから中部高校への道順を教えてもらい、無事に高校の正門前に出ました。そこからは通い馴れた道なので迷うことはありませんでしたが、車で一五分の距離なので徒歩だとずいぶん時間がかかって疲れました。食用油一本が入っただけのレジ袋が重く感じられました。

自宅近くなったところで、踏切りの警報音が鳴っているのに気づきました。家を出るときとは逆の方向から帰ってくる結果になりましたのでもう踏切りを渡る必要はないのですが、なぜかわたしはいま一度踏切りを確かめたい衝動に駆られました。帰り道を間違えた原点でも探りたかったのでしょうか。

ところが、踏切りを確認して身を反転した際にバランスを失い、その場に転倒してしまいました。脚部に痛みを感じ、改めると、素足の膝小僧のあたりに血が滲み始めていいます。わたしは中腰の状態で停滞を余儀なくされました。

「大丈夫ですか？　杜沢さんじゃないですか」

たまたま通りかかった女性が自転車から降りてわたしに声をかけました。わが家の一軒置いて隣りの主婦です。

「大丈夫です。どうもありがとうございます」

手助けしてもらいながらもきちんと立ち上がったわたしは、自分の言葉で自分を鼓舞しながら歩き始めました。家まで五分です。自転車を押しながら並んで歩いてくれる隣人に、わたしはその家の二人の男の子を話題にしながら笑顔を見せました。五年生と二年生の兄弟は、毎朝ほかの子どもたちと前後しながらわが家の前を通過し、わたしは夫とともにその子どもたちと朝のあいさつを交わしているのです。見守りといった硬いものではありません。子どもたちの元気な姿を見るだけでわたし達夫婦は癒されるのです。

助けてもらった主婦にわが家の門の前でもう一度お礼を述べ、安堵して家の中に入ると、わたしが長い時間持ち歩いていたのとまったく同じ食用油が台所の流し台の上に立っていました。

第一二章　お二階のひとⅡ

令和二年（二〇二〇）は、秋田市で一月一〇日になっても雪が積もらず、「大寒」当日も積雪ゼロと異常に雪の少ない年明けになっていました。しかし、一年前に大型クルーズ船とともにやって来た新型コロナウイルスの影響で三月のセンバツ高校野球は中止、七月に予定されていた東京オリンピック・パラリンピックの一年延期も発表されました。趣味欄があれば読書とスポーツ観戦と記入することに決めているわたしとしては非常に残念でしたがどうしようもありませんでした。

二歳半ごろから可愛がっていた太陽の一家が他町内に引っ越していったのは九月末日です。太陽は中学一年生になっていました。太陽がいなくなったので土曜日の夕食のサイクルは必要なくなったのですが、太陽に関わるものを何か残しておきたいという夫婦の希望で、それを月曜日にもっていってその日にヘルパーに来てもらうように変更しました。つまり、ヘルパーに手伝ってもらいながら、月曜ごとに夕食をカレーライス、オムライス、チャーハン、やきそば、中華丼の順でまわしていったのです。もちろん、毎週月曜のわが家の夕飯時の話題は太陽の思い出話に収斂していきました。

わたしが認知症と診断されて以来、夫は「火」の問題をとても気にしていました。薬缶がガス台で沸騰したまま忘れ去られているといった状態が時おり生じていたのです。夫は、ガスをやめ、流行し始めていたＩＨに変えることをわたしに告げて実行しました。部屋の暖房はもともと床暖になっていますので、これで、家の中で直接火を扱うことは一切なくなり、それはわたしにとっても安心材料になりました。

わたしがデイサービスに出かけるようになったのは藤崎先生のお勧めがきっかけです。認知症の患者にとって一番よくないのは、独りでポツンと過ごしている時間の多くなることだそうで、それを防ぐもっとも手近な方法がデイサービスと教えてくださったのです。

夫もその辺の知識はまるで持ち合わせていませんので、日を改めてケアマネージャーに説明をお願いすると、そこに行けば大勢の仲間がいてそれなりの会話も生まれてくるし、入浴や洗髪のサービスなども受けられる。昼食は栄養やカロリーのきちんと計算されたものが出されるから何の問題もない。適度な運動と脳トレ、リクリエーションなども用意されているからこれまた好都合。しかも朝夕の送り迎え付きだといった細部が判明しました。介護保険を使えますから料金も別に高くはなく、その点の心配もありません。

ところが、デイサービスは、わたしにとっては楽しさよりも負担のほうが大きいものとなりました。一日のタイムスケジュールが定まっていて基本的にはその計画どおりに動いていくわけですから、自分の自由な時間といったものはあまりありません。わが家は夫とわたしの二人暮らしですから、自宅にいればかなりの自由がきく生活に馴れてしまっていますので、少なからぬ規制を要求される集団生活は、わたしにとってはまず心理的な負担が大きかったのです。

わたしの年齢が、集団の中では比較的低かったという点もマイナスに作用したようです。わたしはまだ七〇代ですが、わたし以外の利用者は八〇代、中には九〇代の人も含まれており、世代間のギャップのようなものが存在したのです。年齢構成と関係して、話題が嫁姑問題が多かったのもわたしには負担でした。わたしは長い間母と二人暮らしでしたし、結婚してからも嫁姑問題などとはまったく無縁の生活でした。

また、わたしが通うひまわり会のデイサービスは認知症専門の施設ではなく、身体的な不自由が原因で利用している方も少なくないようで、そうした利用者との間にもやはり壁のようなものが存在しました。

付言すれば、トイレの問題もわたしにとっては小さなものではありませんでした。わたしは若い時分から大勢の人が共同で使用するトイレとくに公衆トイレが苦手でした。そういう場所ではギリギリまで我慢する傾向がありました。不潔感が時には恐怖の域にまで達するのです。デイサービスに通うようになってもそうした意識や習慣は残っていて、スタッフに促されて用足しに立つ寸前に失禁してしまうようなこともありました。

それやこれやで、初めは好奇心もあって週に二回デイサービスに出かけたわたしも、三カ月もすると気が重くなり始めて週一回に減らし、半年後には、もう行きたくないと夫に意思表示しました。

決定的であったのは入浴をめぐるトラブルです。デイサービスというのはそれぞれ得意の分野ないし〝売り〟があるようで、ひまわり会の場合のそれは浴場でした。風呂場は天然の温泉ふうに造られていて、入所者に温泉気分を楽しんでもらうという意図が明白でした。

しかし、わたしは一度に大勢の人と一緒に入浴するのがどうも苦手でした。ここでも変な潔癖感がはたらいていたのです。現職のころ、職場の親睦旅行などで温泉に出かけたりする場合も風呂には一度も入らずに帰ってくるというのが普通でした。母親は、もったいないことと言って笑っていましたが、わたしにとっては重大な問題であったのです。

もしかしたら、リラックスすることへの罪悪感のようなものがわたしのなかに潜在していたのかもしれません。わたしは基本的に〝まじめ人間〟なのです。

わたしの性癖をよく知らないひまわり会は、ぜひ入浴を楽しんでもらいたいと半ば強制的にわたしを風呂場に誘います。あるとき、若い一人が背中から羽交い絞めにするような形になり、前にしゃがんだやはり若い女性が、わたしが衣服の着脱は自分でできると抗議したのに、無理やり下着を脱がせて二人でわたしを浴場内に押し込みました。利用者が多いし時間的な制約もありますからやむをえない一面もあるのでしょうが、わたしは、人間として扱われていないという感情に捉われ、以後は絶対デイサービスに行かないと夫に宣言して、そのとおりに実行しました。迎えの車が来てもわたしは玄関に出なかったのです。

困り果てた様子の夫が、わたしの次の受診日の折に藤崎医師に相談すると、先生は、介護保険は適用にならないけれども、デイサービスと同じような効果が期待できるという、身体と脳のトレーニングを個人で仕事にしている女性を紹介してくれました。かつては琵琶湖に次いで日本で二番目に大きかった八郎潟を干拓してできた大潟村に居住している長瀬トレーナーです。マンツーマン指導で保険の適用外ですから高額にはなりますが、トレーナーがわが家までやって来て指導助言をしてもらえるというのでその点はわたしどもにとって好都合でした。四〇代の、もともとは社会体育が専門の介護士さんですが、性格が明るく気さくで、わたしはとても気に入りました。来宅するとペーパー類を使っての脳トレや簡単な器具を用いての運動などが行われます。その間に女同士のおしゃべりもたくさんできました。秋田市民にとっては馴染みの太平山の麓にある小さな滝までわたしを自分のワンボックスカーに乗せて行って楽しませてくれたこともありました。わたしの夫は取材旅行などには行きますが、観光旅行ということはほとんどありません。結婚して以来夫と二人でどこかに観光に出かけたという記憶がありませんでしたので、わたしにとってはその小さな滝の清冽な流れはいつまでも記憶に残りました。

ただ、長瀬女史は自身の教室を開いているため、わが家に来てもらえるのは隔週の土曜日ごとで、一回は六〇分の契約になっています。優しい長瀬さんはいつも三〇分、時には一時間近くもオーバーしてわたしに付き合ってくれるものの、それだけではどうしてもわたしの症状改善には足りません。長瀬トレーナーは、物理的に自身の訪問回数は増やせないからと言ってすぐに脳対策の運動施設を挙げ、直ちにそうした施設の一つに段取りをつけてくださいました。運動によってナントカという物質が分泌され、それが認知症の予防や進行抑制に効果的だという事実が最近証明されたのだそうです。

運動施設に行ってみて驚いたのですが、そこにはわたしと兄の中学校時代の恩師も来ていました。音楽を教わった小川春子先生です。秋田の代表的な銘柄米「あきたこまち」開発の中心になったご主人との間に授かった長男の結婚相手がわたしの秋田女子高勤務時代の教え子ですし、お住まいもわが家から徒歩一〇分の距離に過ぎないなど、因縁は浅くないものがあったのですが、わたしの調子が悪くなってからは行き来も途絶えていましたので、恩師の近況についてわたしは何も知らなかったのです。生徒にとっては何歳になっても恩師は恩師ですし、教師にとっては生徒はいつまでたっても生徒です。明らかにわたしより状態のよい春子先生は、施設のさまざまな場面でわたしを生徒を扱うように援助してくださいました。

たくさんの方々の配慮や援助を得てなんとか日々を送っているわたしですが、基本的にはわたしの状態は悪い方に向かっているように自分では感じます。昨日まででできていたことができなくなり、ものごとに向かう気持ちが次第に弱くなり始めているのです。その傾向は炊事に関して顕著に現れ始めていました。

健康のことを考えて、わが家では朝昼晩の三食を必ず摂るようにしています。朝と昼は軽めに済ましますが、夜はしっかりと食べるように心がけています。しかし、いつからということもなく料理本を手にする機会も減り始め、定期購読している雑誌もページが開かれないままの月が多くなっています。当然、食事は中身も見栄えも貧弱になっていく一方なのですが、わたしはそうしたこと自体に関心がなくなりつつありました。自分でもよく分からないけれど、気持ちがいっこうにそちらに向かないのです。

そのような状況を心配した夫がケアマネージャーに相談すると、ケアマネはすぐに介護用の弁当の活用を提案してくれました。栄養価やカロリーのきちんと計算された弁当を、朝、昼、晩のいつでも、週に何度でも自宅まで配達してもらえるサービスがあるのです。週三回までなら介護料金が適用になり、通常七〇〇円のものが五〇〇円になるので経済的なメリットも小さくはありません。わたし達は早速、夕食を週三回配達してもらうよう申し込みました。頼んだのは二人分なのですが、割引になるのはわたしの分だけでなく、夫の分も適用になることを知って、これは儲けたとの感情を抱きました。ヘルパーが週に一回来ますから、これで一週間のうち四日は夕食の心配をしないで済むようになりました。

しかし、残り三日の夕飯は自分たちの責任で食べなければなりません。わたしが献立を考えてそれなりに案を出しますが、それを形にしようとしてもなかなかうまくいきません。調理の手順や組合せの多くを忘れてしまっているのです。放っておけないと判断したらしい夫も台所に入るようになり、最初は味噌汁のつくり方を覚えてくれました。わたしは煮干しで出汁をとらないと気が済まないたちなので そのように夫に教えましたが、面倒くさがり屋の夫は、わたしがデイサービスで留守にした日などは出汁の素で代用しているようでしたし、それも面倒なときはただ味噌を入れるだけにしていたようです。〝男子厨房に入らず〟の環境のもとで育った夫は、調理に関してはまったくお粗末と言わざるをえませんでした。それでも、豆腐とワカメ、ジャガイモと玉ネギ、大根と油揚げといった組合せ程度の味噌汁はつくれるようになりました。加えて、ほうれん草を茹でてお浸しにすいってくれました。

ることや、それに長イモを細切りにして添えると美味しいといったことも徐々に会得して

その日も夫は、昼食が済むとそのまま二階の自分の部屋に入ってしまいました。一緒に食事したはずの兄の姿も見えません。わたしは、隣接する自分の実家に行ってみました。兄はそこにいるに違いないと思ったのです。父の死後、そこは相続した兄の持ち家になっているのです。しかし、玄関には鍵がかかっており、ピンポンを鳴らしても何の反応もありません。シンとして、中に人のいる気配はまったくありません。兄はどこにいるのでしょう。その時、わたしが兄に特別の用事があったわけではありません。しかし、行方が分からないというのはやはりまずいことだと感じました。兄の所在を確かめておかなくてはと強く思いました。わたしは、兄は中学校時代の恩師の家に出かけているのだろうと見当をつけました。それ以外に、あらかじめ理由も連絡せずに不意に帰省した兄の行き先は考えられません。

わたしはすぐに、歩いて一〇分の小川春子先生宅を訪ねました。先生はご在宅ですが兄はいません。先生はわたしから事情を聴くと、多少訝しげな表情を見せながらわたしに付き添って、わたしをわが家まで送ってくれました。わたしを夫に引き渡し、そのまま玄関口で少しばかり夫と会話を交わして先生は自宅に戻りました。居間のソファーにわたしを

座らせた夫は、わたしの兄はすでに二年近く前に物故している事実をわたしに告げました。わたしはすぐには信じられませんでしたが、その前後の様子を夫が詳しく話してくれましたのでようやくそれが事実であることを思い出しました。わたしの兄はもうこの世にはいないのでした。

結婚した当初、夫とわたしは同じ部屋で寝起きしていましたが、それは一年ほどで解消しました。生活の時間帯が違い過ぎてお互いの睡眠の邪魔をする結果になっている事実がはっきりしたからです。夫は朝型でわたしより最低でも一時間は早く起きますし、わたしは夜型で、寝るのは夫より二時間は遅くなります。夫は、頭のはっきりしている朝のうちに仕事を済ましてしまいたいタイプで、わたしは夜の雰囲気をいつまでも楽しんでいたい女なのです。夫が寝静まってからの二時間が、わたしにとって至福の一刻（いっとき）と言ってよかったかと思います。

そうした日常とも関係があるのでしょう、夕食に夫が関わり始めたのに合わせるように、わたしは朝食も自分では満足につくれなくなっていきました。それ以前は、夫が五時半に起床して早朝の散歩に出、一時間ほどで帰宅するとその間にわたしが起床して朝食の支度をし、夫が帰り次第食べるというタイムテーブルになっていました。それが、夫が帰ってもわたしが布団に入ったままの日が続き、やむなく夫が朝食の準備をするようになり、それが日常化して、夫が朝食のすべてを整えるようになりました。

夫は長年の習慣であった朝の散歩を中止し、その時間帯を朝食の準備に充ててくれます。準備中にわたしが台所に足を運ぶことはありません。七時に夫から声がかかり、そこでようやく覚醒したわたしは洗顔を後回しにして食卓につき、夫と一緒に朝ご飯を食べるというスタイルが日常化していきました。ただ、朝食の後片づけはわたしの担当で、わたしは片づけが終わってから顔を洗っていました。

こうした生活が定着してしばらく経ったある日、珍しく夫からの声がかかる前に目覚めていたわたしは、高校生のときに国語の時間で学んだ中島敦の名作『山月記』を思い出していました。そのあらすじは次のようなものです。

隴西(ろうせい)の李徴(りちょう)は博学で才能に恵まれ、天宝の末年、若くして官吏(かんり)登用試験に合格、江南(こうなん)の官吏に任ぜられたが、自ら恃(たの)むところが厚く、賤吏(せんり)に甘んずるを潔(いさぎよ)しとしなかった。

ほどなく官を退いたあとは故郷に戻り、人との交わりを絶って、ひたすら詩作にふけった。下吏となって俗悪な大官の前に長く膝を屈するよりは、詩家としての名を死語百年に残そうとしたのである。しかし、文名は容易に上がらず、生活は日を追って苦しくなる。

数年後、とうとう妻子の衣食のために節を屈して再び東へ赴き、一地方官吏の職に就(つ)くことになった。これは己(おのれ)の詩業に半ば絶望したためでもあるが、彼は怏々(おうおう)として楽しまず、人に逆らう性格はいよいよ抑えがたくなった。

一年後、公用で旅に出、汝水(じょすい)のほとりに宿った時、ついに発狂した。ある夜半、急に顔色を変えて寝床から起き上がると、なにかわけの分からぬことを叫びつつ闇の中へ駆け出した。彼は二度と戻ってこなかった。

＊　＊　＊

翌年、監察御史(かんさつぎょし)の袁傪(えんさん)が勅命を奉じて嶺南(れいなん)に向かう途中、商於(しょうお)の地で宿泊した。

駅吏の「この先に人喰(ひとく)い虎が出るので、昼間にしたほうがよい」という言葉を退けて、供回(ともまわ)りの多勢なのを頼み、次の朝まだ暗いうちに出発した。

残月の光を頼りに歩いていたところ、一匹の猛獣が草むらの中から躍り出た。しかし、虎は袁を見るなり、たちまち身を翻(ひるがえ)した。そして、草むらの中から人間の声で、「危ないところだった」と繰り返し呟いている。その声に袁は聞き覚えがあった。

「その声は、わが友、李徴子ではないか？」

李徴は袁と同年に官吏試験に合格しており、袁は友人の少なった李徴にとって、最も親しい友であったのだ。

ややあって、低い声が答えた。

「いかにも自分は李徴である」

袁は恐怖を忘れ、馬から下りて草むらに近づき、久しく合わなかったことの挨拶をした。そして、なぜ草むらから出て来ないのかと聞いた。李徴の声は、今や異類の身となっている姿を、おめおめと友の前にさらせないと答えた。

袁は部下に命じて行列の進行を止め、自分は草むらの傍らに立って、見えざる声と対談した。都のうわさ、旧友の消息、袁の現在の地位、それに対する李徴の祝辞。それらが青年時代に親しかった者同士の隔てのない語調で語られた後、袁は、李徴がどうして今の身になるに至ったかを尋ねた。草むらの中の声は語った。

……今から一年ほど前、自分が旅に出て汝水のほとりに泊まった夜のこと。ふと目を覚ますと、戸外で誰かが自分の名前を呼んでいる。外に出てみると、声は闇の中からしきりに自分を招く。思わず、声を追って走りだした。いつしか道は山林に入り、しかも、知らぬまに自分は左右の手で地をつかんで走っていた。なにか体中に力が満ち満ちたような感じで、軽々と岩石を跳び越えていった。両手の肘のあたりに毛を生じているらしい。

明るくなってから、谷川に姿を映してみると、すでに虎となっていた。自分は、夢に違いないと考えた。しかし、事実だと分かった時、自分は茫然とした。どんなことでも起こり得るのだと思って、深く懼れた。しかし、何故ぜこんなことになったのだろう。分からぬ。理由も分からずに押しつけられたものをおとなしく受け取って生きていくのが、生き物の定めなのだ。自分はすぐに死を思った。しかし、目の前を一匹のうさぎが駆け過ぎるのを見たとたんに、自分の中の人間はたちまち姿を消した。再び自分の中の人間が目を覚ました時、自分の口はうさぎの血にまみれ、あたりにはうさぎの毛が散らばっていた。

一日のうちに必ず数時間は人間の心が還ってくる。その人間の心で、虎としての己の残虐な行ないの跡を見て、己の運命を振り返る時が最も情けなく、恐ろしく、憤しい。しかし、その人間に還る数時間も日を経るにしたがって次第に短くなっていく。おれの中の人間は、そのことをこのうえなく恐ろしく感じているのだ。もう少したてば、おれの中の人間の心は、獣としての習慣にすっかり埋もれて消えてしまうだろう。

おれがすっかり人間でなくなってしまう前に、一つ頼んでおきたいことがある。かつて自分がつくった詩数百編は、いまだ世に出ておらず、その所在も分からなくなっているであろう。しかし、今もなお暗記できているものが数十ある。これを伝録していただきたいのだ。とにかく、破産をし心を狂わせてまで自分が生涯執着したものを、一部なりとも後代に伝えないでは、死んでも死にきれないのだ。

袁は部下に命じ、声に従って書き取らせた。李徴の声は草むらの中から朗々と響いた。長短およそ三十編、一読して作者の才の非凡を思わせるものばかりである。しかし、袁は感嘆しながらも漠然と、作者の素質が第一流に属するものであることは疑いないが、このままでは、第一流の作品としては微妙な点で欠けるところがあるのではないかと思った。

草むらの声は続く。

こんなことになってしまった原因に思い当たることがないわけではない。人間であった時、おれは努めて人との交わりを避けた。おれは詩によって名を成そうと思いながら、進んで師に就いたり、詩友と交わって切磋琢磨に努めたりすることをしなかった。かといって、また、おれは俗物の仲間入りをすることもできなかった。ともに、わが臆病な自尊心と、尊大な羞恥心のせいである。おれはしだいに世を離れ、人と遠ざかり、憤悶と恥と怒りとによってますます己の内なる臆病な自尊心を飼い太らせる結果になった。これがおれを損ない、妻子を苦しめ、友人を傷つけ、果ては、己の外形をこのように、内心にふさわしいものに変えてしまったのだ。

おれはたまらなくなる。そういう時、おれは、山の頂の岩に上り、誰一人いない谷に向かって吼える。この胸を焼く哀しみを誰かに訴えたいのだ。しかし、獣どもはおれの声を聞いて、ただ、懼れ、ひれ伏すばかり。山も木も月も露も、一匹の虎が怒り狂って、吼えているとしか考えない。天に躍り、地に伏して嘆いても、誰一人おれの気持ちを分かってくれる者はいない。おれの毛皮が濡れたのは、夜露のためばかりではない。

あたりの暗さが薄らいできた。木のあいだを伝って、どこからか暁の角笛が悲しげに響き始めた。もはや、別れを告げねばならぬ、虎に還らねばならぬ時が近づいた。その前にもう一つ頼みがある。それは妻子のことだ。故郷にいる彼らに、おれはもう死んだと告げてもらえないだろうか。あつかましいお願いだが、彼らを哀れみ、今後について、取り計らって頂けるならば、自分にとってこれに過ぎたるはない。

袁は、喜んで李徴の意に添いたいと応じた。しかし李徴の声は、また自嘲的な調子に戻った。

本当はまず、このことのほうを先にお願いすべきだったのだ。飢え凍えようとする妻子のことよりも、己のとぼしい詩業のほうを気にかけているような男だから、こんな獣に身を堕とすのだ。

袁は草むらに向かって、ねんごろに別れの言葉を述べ、馬上の人となった。草むらの中からは、堪え得ざるがごとき悲泣の声が漏れた。袁も何度か草むらを振り返りながら、涙のうちに出発した。

一行が丘の上に着いた時、振り返って、先ほどの林間の草地を眺めた。たちまち、一匹の虎が草の茂みから道の上に躍り出たのを彼らは見た。虎は、すでに白く光を失った月を仰いで、二声三声咆哮したかと思うと、また、もとの草むらに躍り入って、再びその姿を

見なかった。（小川義男編著『あらすじで読む日本の名著3』中経出版より）

『山月記』を教わったのは秋田女子高の一年生の秋だったと思います。現代文担当の中年後期の男の先生は普段から朗読を大事にしており、『山月記』の授業でも何人かの生徒が朗読を指示されました。わたしもその一人で、割り当たったところは、主人公が人間から虎に移行していく部分です。わたしはわたしなりに考えて読んでいくのですが、朗読が始まっていくらも進まないところで先生から、そこはそういうふうに読むところじゃないだろう、もう少し感情を込めて、と注文が入ります。気を取り直したわたしが、わたしなりに感情を込めて読み直すとまた、そうじゃないだろう、人間が虎になっていくんだからそこのところをよく考えて、といった指示が飛んできます。わたしが声音まで変えてさらに読み換えてもＯＫは出ず、わたしは泣き声になってしまいました。それで納得したのか諦めたのか、そのあとは何も注意がありませんでした。自分に与えられた範囲を読み終えて着席したわたしは、そんなに注文がおありなら先生が一度見本をみせて下さればと内心思いましたが、先生ご自身が生徒の前で朗読してみせるということはありませんでした。後年、退職後にこの先生が「すまこの会」というエッセイサークルの講師になっているのを新聞の文化欄で拝見しました。「すまこ」は「隅（すみ）っこ」の秋田弁です。小さなエッセイサークルだけれども秋田県の文芸界の片隅で頑張っているとの意味合いから名づけられたもののようでした。わたしが朗読中に泣き出してしまってから六〇年、わたしの夫がいまこの「すまこの会」の指導者として毎月一回の例会に顔を出しています。

高校の国語教師で『山月記』を何度も扱った経験があるという夫に、わたしが秋田女子高の生徒であったときの一件を語って聞かせるといつも、オレは授業で生徒を泣かせた経験はないよ、と言って楽しそうに笑っていました。

それはさておき、『山月記』は、表面は人が虎になるという一種の怪異譚ですが、根底では人間の正気と狂気を扱っていると言えます。正気が狂気に変わっていく過程を虎の姿を借りてリアリスティックに描いているのです。

わたしは認知症と診断されました。しかし、一〇〇パーセント認知症の世界にいるわけではありません。正常な思考や行動ができる時間帯もまだまだあるのです。しかし、藤崎先生の仰った特殊なたんぱく質の蓄積が脳内でさらに進み、このまま病気が直線的に進行していけば、正常な世界は確実に少なくなって、認知症の世界に落ち込んでいく可能性は充分にあります。李徴が徐々に人間性を失って最後は虎になってしまったようにです。

わたしはそれは嫌でした。絶対に嫌でした。いつまでも人間でいたいと願いました。新しいデイサービスの話がもたらされたとき、わたしの中にさしたる抵抗の念が湧いてこなかったのは、わたしのそうした願望が強かったということの現れだと思います。

新たにお世話になったデイサービスは「ひかりの会」という福祉団体が運営している組織でした。そこの理事長さんや松美ヶ丘病院の藤崎先生、それにわたしの夫の三人は秋田一高の同級生で、今でも、毎月行われている昼食会や年二回の同期会などで顔を合わせるのだそうです。

私が通うことになった施設は、わが家から松美ヶ丘病院に行く道のりのほぼ中間地点にありました。いつだったか、作家志望の小学生数人が杜沢先生のお話を聞きたいということでわたしの実家を開放したことがありましたが、来訪した児童が通っていた小学校が施設のすぐ近くにあって、わたしのなかをまだらな思い出が通り過ぎていきました。

新しいデイサービスは、最初は週三回でしたが、間もなく、理事長さんや藤崎先生の勧めで週五回になりました。利用者が男女合わせて一二人とこじんまりしており、しかも、多かれ少なかれ全員が認知症の症状を有していますので、相互のあいだにはどことなく一体感に似たような感情が漂っています。スタッフの皆さん方も認知症患者の扱いには馴れている様子で、やさしくて家族的な雰囲気でした。以前に通った施設のような雑踏感や喧噪感のないのがわたしには気に入りました。ここなら落ち着いて過ごせるだろうと期待できました。夫の気持ちにも合っていたようで、夫はわが家にある童謡・唱歌・叙情歌の

CD一〇〇枚セットを施設に寄贈し、施設側でも随時それらを食堂を兼ねた広間に流してくれました。利用者の中にはそれに合わせて一緒にうたってくれる人もいてわたしも嬉しく思いました。

それやこれやで施設の環境はよかったのですが、わたし自身には問題が少なくありませんでした。症状が着実に進みつつあったのです。

少人数とはいえ、デイサービスなので朝夕の送迎つきです。コースとか回る順番は決まっているのでしょうが、わが家は最後になっていました。つまり、脇腹に施設名を書いたワゴン車に乗せてもらってわたしが施設に到着するのはいつも利用者全員の最後なのです。先着した他の利用者の一部は早くも朝のスケジュールの準備を始めたりしていますが、わたしが着くと、またあの女は遅刻だといったようなことをささやいています。生徒や学生時代を初め、教員として働くようになってからも、わたしは何かに遅刻したという記憶がほとんどありません。時間に対してどこか神経質なわたしは遅刻が大嫌いなのです。わたしが夫に、毎朝遅刻者呼ばわりされて不快な旨を伝えると、夫はすぐに施設側と連絡を取ってくれました。その結果によると、わたしを遅刻とみなしている利用者は一人もおらず、わたしが挙げた男性はごくおだやかな人物で、陰口などたたく人ではないとの返事がかえってきました。それでも、わたしには、あの女は遅刻者だとの非難が毎朝聞こえてくるのです。帰宅するといつもその話を聞くことになる夫は、わたしが一番最初に到着するようコースの変更を願い出た模様ですが、それは施設側の運転手さんの事情などもあって実現しませんでした。

　わたしのおもらしは前のデイサービスのころからすでにあったのですが、ここにきて、小のみならず大のほうにも見られるようになっていきました。施設内で便失禁があってもそれにはすぐにスタッフが対応してくれますが、自宅にいる場合は自分でやるか夫に手伝ってもらうしかありません。紙パンツや紙おむつの類は夫が切れ間なく買い整えてくれていますが、万事動作の鈍くなったわたしは、その瞬間に間に合わないケースが多くなっていました。夫が、便意をもよおしたら何はさておいてもトイレに駆け込めとわたしに指示しましたが、わたしの中ではそもそも便意が定かではなく、便が出るときの感覚も明瞭ではないのです。半ば抗議するように夫にそのことを告げると、夫は数時間置きにわたしの紙パンツの中を確認し、少しでも便が溜まっていると直ちに尻の部分を消毒してパンツを交換してくれるようになりました。わたしが原因で夫の負担が増えたことになります。

　たまたま夫が留守のある日、何げなくわたしが自分でパンツを確かめると、パンツ全体が糞尿で汚れています。夫に見つかるのはまずいし恥ずかしくもあるので、わたしはそれを隣りの実家に持って行って玄関に置いてきました。空き家になっているその家に夫が入る機会はほとんどないので当分バレる心配はありませんでした。ただ、いつまでもそうしてはおけないので、数日後に、片づけようと思ってわたしが行って見るとそのパンツはもうなくなっていました。鍵はわが家で管理していますから、夫が始末してくれたのは間違いありません。

県主催の文芸コンクールの審査員を担当している夫にはその関係の郵便物も来ているようですし、年金関係の書類などは夫婦両方に同じものが届きます。郵便物は、長い間、それぞれの名宛てのものは当然ながらそれぞれが開封していました。しかし、わたしがそうした書類に無頓着になり始めたことに気づいた夫は、わたしの名義で届いた郵便物も自分の手で開けるようになりました。そんなある日、夫が、能婦子さんへの金銭的な償いはすべて保険から支払われるということで決着がついた。金額は一二〇〇万円だといったような事柄をわたしに告げました。わたしには何のことやらよく理解できませんでしたが、交通事故に関わっての直接的な出費がわが家の会計からはまったくないらしいということが分かって何となく安心しました。

能婦子さんの名前は、ごく自然にわたしの免許証へとつながっていきました。わたしが乗っていた軽乗用車は廃車になっているので、今すぐ車を運転する機会はありませんが、いずれ元気になったらわたしはまた車で買い物に行きたいと願いました。でも、免許証が手元にありません。警察に返してしまったのです。わたしは、そのうち訪れるであろう運転に備えて免許証を取り戻しておくのがよいと判断しました。さっきまで二階で仕事をしていた夫は、パソコンのプリンターのインクが切れたとか言ってあわてて大型電器店にそれを買いに行きました。夕闇が迫り始めた時間帯でした。夫が当てにならないのでわたしはタクシーを利用することにし、早速電話をしました。固定電話のすぐ上の壁に、よく使う電話番号の一覧表が貼られていますので簡単です。

ほどなくやって来たタクシーに、わたしは城東署に向かうようお願いしました。順調に走って一五分足らずで目的地に着きましたが、降りる際に運賃を請求されました。夫の車と違ってタクシーの場合はお金を払わねばならないことを思い出しましたが、財布は持って来ていません。普段着のままなのでポケットのどこにも現金は入っていませんでしたが、マスクが一枚見つかりましたのでそれは早速はめました。

不審に思ったらしい運転手はわたしを署内に促しました。応対したお巡りさんはわたしの知らない人でしたが、わたしの名前や住所を確かめると、夫とは以前電話で話したことがある事実が判明しました。わたしのこともある程度は知っている口ぶりでした。

運転手さんとそのお巡りさんが何事かを相談し、タクシーはそこから帰っていったようですが、わたしはその場に留まるよう指示されました。

それから二〇分も待ったでしょうか、お巡りさんが一人の男性を連れて来ました。

「ご主人ですよ」

お巡りさんは優しげに声をかけてくれますが、マスクで目許から下の部分が隠れている相手が夫だとはわたしには思われません。わたしは沈黙しました。

「ご主人ですよ」

三〇代とおぼしきお巡りさんがまた同じことを繰り返します。わたしは、自分が何か言わなければならない立場にあるのだと思いました。

「お二階のひとです」

わたしはぼんやり口にしました。

「真弓さん、あなたの旦那様です」

「それは違います。わが家のお二階に住んでいるひとです」

わたしは、今度はある意味自信を持って答えました。

「先刻からこんな感じで、どうも話が噛み合わないんです」

お巡りさんの語調は困惑したものになっています。

「申し訳ありません」

今来た男性が丁寧に頭を下げて謝罪し、引き続いて、二人の間でしばらく言葉が交わされていましたが、ぼんやりとそれを眺めていたわたしはその男性が自分の夫であることにようやく気づきました。

「あなた、どうしてここにいるの？」

事情が飲み込めなくてわたしは自分の疑問を小さく声に出しました。

「なんだってこんなことになってるんだ」

わたしを振り返った夫の顔にも声にも怒りが含まれています。

「ご主人、まあまあ落ち着いてください」

お巡りさんが夫をなだめ、夫も自分を抑えている様子です。

その後も数分二人の間でやりとりがありましたが、用件が済んだらしくて、わたしは、いつものように夫の車の助手席に乗るよう指示されました。帰宅するようです。途中で夫が、タクシー代を払っていくからと言ってタクシー会社の前で数分間運転席を空け、そこからさらに数分走ったところにある回転ずしに寄って夕食を済ませました。好物のウニや鮭を頬張りながらわたしは、今日はまったく夕食を準備していなかったことを思い出してちょうどよかったと安堵した気分になりました。

終　章

松美ヶ丘病院には四週間に一回の割合で定期的に通い、通院の際には必ず夫が付き添います。わたし一人では行けなくなったというのが最大の理由ですが、主治医の藤崎先生も、診察や検査の後には、わたしではなく夫に伝えなければならない内容が多くなってきているらしいのです。以前はわたしのいるところで同級生としての会話があってわたしを憤慨させたりしましたが、今はそうしたこともなくなりました。その余裕がなくなったということのようです。時には、診察終了後にわたしを部屋の外に出し、先生と夫の二人だけで何やら話し合っているらしいという場面も多くなりました。わたしの症状が着実に進行しつつあるのはわたしもある程度自覚できました。「一〇〇引く七」が急速にできなくなってきたのです。

松美ヶ丘病院で藤崎先生が最初にわたしに試したのがこの引き算でした。一〇〇から七を引くと九三、そこから七を引くと八六という具合に、一〇〇から順次七を引いていくのです。一三回繰り返すと二になりますのでそこで終わりになります。初めて藤崎先生の診察を受けた際は確か最後までできたはずですが、今は二回目でつまずくことも少なくありません。つまり、九三引く七がうまくできないのです。受診前に暗記しておいて数値を少しでもよく見せようと努力したこともありますが、暗記そのものができなかったり、暗記してもすぐに忘れてしまうので実際の役には立たないのです。

夫の話によると、わたしが能婦子さんを同乗させて事故を起こしたのは三年前の五月、わたしが七四歳の時です。その時点では、認知症ではないとのはっきりした診断を警察を通して脳研からもらいました。翌年の六月に夫に連れられて初めて松美ヶ丘病院を訪れ、一ヵ月後には認知症の診断を受けました。それから二年ほどの間に、認知症の進行を遅らせる薬の投与を受け、ヘルパーの援助、デイサービス通い、自宅に来てもらっての運動療法などさまざまな対策を講じてきましたが、症状の進行速度は緩みません。それどころか、一ヵ月ほど前の診察日に、わたしの眼の前で藤崎先生が夫に、杜沢君、君の奥さんは普通の人より進行が速いようだ、と告げたほど病状が進んでいるようです。『山月記』の李徴ではありませんが、わたしは、自分の正常な部分がどんどん少なくなりつつあるのを感じて怖くなっています。

病院通いの日程はすべて夫が管理していますので、わたしは何月何日に松美ヶ丘病院を受診したのかは覚えていません。ただ、その日が、七七歳の七月五日だったのは妙に記憶に残っています。数字の語呂がよかったせいかもしれませんが、入院という大きな出来事のあった日であったからかもしれません。

令和三年（二〇二一）のその日、わたしは夫の導くままに松美ヶ丘病院を訪れました。いつものように藤崎先生の前に呼ばれましたが、先生はいつものような診察はせず、すぐ、病院の都合で主治医が変更になりました。新しい主治医は当院の院長になります、と告げました。突然のことで夫の横顔を覗き見ると、相変わらずマスク越しではありますが何の変化もありません。夫は事前に諒知していたのでしょう。

わたしはすぐにその場から院長先生の待っていた診察室に移され、初対面のあいさつもそこそこに、今後しばらくは松美ヶ丘病院に入院して経過観察となるとの方針を告げられました。この際も、夫は宜しくお願いしますと丁寧に頭を下げていましたから、こちらもあらかじめ諒解済みだったのでしょう。

入院となると、わたしの場合は、本荘女子高に勤務していた当時に盲腸が破れて以来になりますからもう半世紀ぶりになります。しかもまったく突然なので気持ちの整理もつきませんでした。わたしが少しばかりその不満を口にすると夫は、昔の優秀な頭脳を取り戻すには今はこれしかないのだと説得しました。例として夫は、わたしが秋田女子高卒業時に答辞を読んだ事実を挙げました。わたしはどこかで、趣旨が違うのではないかと違和感を抱きましたが、頭の働きを回復するためにはやむをえないのかもしれないという思いにも逆らえませんでした。わたしには、とにかく正常の世界にいたいという願望が強くあったのでした。

　しかし、入院してすぐ、わたしには、騙されたという感覚が湧いてきました。病棟から自由に出られないことが分かったのです。わたしが入院したのは北病棟で、わたしに与えられたのは二人部屋です。まだ五〇代と思しき女性と相部屋でした。病棟内には二人から五人くらいの部屋が七、八室あって、その気になればそれらの部屋とは自由に行き来できます。しかし、北病棟の外に出る扉は厳重に機械警備されており、お医者さんや看護師さんたちも、壁に嵌め込まれたスイッチを指先で操作して出入りしていました。もちろん、患者はその暗証番号を知りません。

　最初に藤崎先生に会い、そのあと院長先生の診察を受けて、そのまま入院となりましたが、すべてが流れるように運ばれてこのような病棟に送り込まれたというのは、事前に手順がすべて整っていたと考えるしかありません。藤崎先生・院長先生の病院側とわたしの夫との間にあらかじめ合意ができていたのです。病院が家族の同意なしに患者を入院させるはずはありませんから、わたしの夫は、いつかは知りませんが、もっと早い段階でわたしの入院を了承していたに違いないのです。夫がわたしに入院の話をしたことは一度もありませんので、わたしは完全に夫に裏切られたことになります。それに気づいてわたしは強い反発を覚え、これは離婚しかないと思い、このまま死んでも構わないという気持ちにまで到って、入院初日の夜は眠られませんでした。

しかし、わたしの思いとは関係なく、翌朝からスケジュールに従った病院の日課が始まりました。検温、洗顔、食事といった具合です。わたしは、検温と洗顔は看護師さんの指示に従いましたが、食堂に赴いての食事は拒否しました。抗議の意思表示をしたのです。その流れで、午前中の脳トレ、昼食、午後の運動なども無視しました。主治医の院長先生や看護師さんたちのあれこれの心づかいは伝わってきましたが、夫を許せないというわたしの気持ちは動きませんでした。夕食も断りました。しかし、そのころから頭痛が始まり、消灯時刻になった時分には耐え難いほどになっていました。やむをえず看護師さんに訴えると、それは体内の水分が減少したので脳が警告を発しているのだと説明し、この状態が続くと死に到ることもないではないと補足しました。「死」という言葉を聞いて急に怖くなったわたしが沈黙すると、あらかじめ予期し、準備もしていたらしくて、腕の血管から点滴を施してくれました。看護師さんの処置が適切であったのでしょう、やがて頭痛は収まり、わたしは知らないうちに眠りに落ちていました。

翌朝の目覚めはなぜか爽快で空腹も感じていました。看護師さんが、食事によって水分を取っておかないとまた昨夜のような症状が出ますよと説諭してくれましたので、わたしは努力してほぼ完食しました。夫に騙されるくらいなら死んだ方がましだと一時的に思いましたが、医療従事者の口から出る「死」という単語は特別な響きをもっていました。わたしは死ぬのが怖かったのです。

入院した翌々日にわたしは夫に会いました。場所は院長先生の外来診察室でした。病院側で夫を呼んだのか、夫が希望して来院したのかわたしには判断がつきかねました。新型コロナが急速に拡大中で、普通の面会は中止になっているそうなのです。

看護師さんに導かれ、外来患者が使う廊下ではなく、幾つか並んだ診察室内のスタッフ用の通路を通って院長先生の診察室に入ると、すでに夫が来ていて外来患者用の椅子に座っています。院長先生は自席に座っていましたが、隣りにもう一脚パイプ椅子が出されていて、わたしはそれに腰を下ろすよう指示されました。横並びの院長先生とわたしに向かい合う形の夫との間に、よく磨かれた透明のアクリル板がありました。全員マスク姿で、感染対策は万全のようです。むろん、わたしにも、部屋を出る前に看護師さんがマスクをつけてくれていました。

「先生のお話だと、あまり食欲がないそうだが……」

院長先生との話はすでに済んでいるらしくて、いきなり夫が声をかけてきました。

「わたし、死にます」

わたしは、そのとき頭に浮かんだ言葉をそのまま口にしました。

「死ぬことよりも、まず、生きることを考えなさいよ」

夫の声音も態度も落ち着いています。

「今日中に死にたいと思っています」

頭の中にそのように浮かんでいましたので、これまたそのまま口にしました。

「今日ではなく、少なくとも明日までは延ばしなさい」

夫の眼はしっかりとわたしを見つめています。眼許しか出ていないせいか、視線には力がありました。その眼力に押されたのかどうか、わたしの頭には何も言葉が浮かんできませんでしたので、結果として沈黙がしばし続きました。

「おやつを用意して来たから、あとで看護師さんから食べさせてもらいなさい。ただ、君の好きな餅菓子類は喉を詰まらせる危険性があるので禁止になっているそうだから、プリンやゼリー系のものが中心になってる」

そのように告げる夫の眼にはいつにないやさしさがあります。普段が厳しいというわけではありませんが、改まって妻にやさしさを見せるといったことはあまりないのがわたしの夫です。わたしは何となく嬉しくなりましたが、それを表す言葉がすぐには思いつきませんでした。やはり沈黙が続いたものの、自分の眼許がわずかばかり緩んでいるらしいのは意識できました。

「予想していたよりは元気で、ひとまず安心しました」

いささかのわたしの眼の動きに気づいたのかどうか、そう言ってから夫が腕時計に視線を落としました。何分間かは知りませんが、時間に制限があるのでしょう。

「真弓さん、この機会に旦那さまにお話しすることはありませんか?」

背後に立っていた看護師さんから声がかかりましたが、わたしに今すぐ夫に告げねばならない話はありませんでした。

「それじゃ、今日はここまでにしましょうか」

つかの間を置いて、院長先生がこの場の終了を指示し、看護師さんがわたしを立たせて、元来た通路に出ました。夫も院長先生も座ったままでしたので、二人の間ではその後も何かしらやりとりがあったのかもしれませんが、それはわたしの知るところではありませんでした。

病室のベッドに戻ったわたしには、先刻のあの場面が正常と異常の境目であったように思われ、自分のこれからは正常の世界よりも異常のそれの方に傾いていくのかもしれないと、ぼんやり感じていました。

翌日から毎日、三度のご飯のほかに、午後におやつが出るようになりました。看護師さんのお話によるとすべて夫が届けてくれているものだそうです。ここは介護施設ではなく病院なので基本的におやつは提供されないのだそうですが、差し入れがあれば患者さんに出す旨を夫に伝えたところ、夫が一週間分まとめて持参してくれるのだそうです。ほかの患者さんにも差し入れがあるので、一週間分以上持って来られると病棟の冷蔵庫に入り切らないので一応そのように定めていると説明してくれました。ゼリー系統のお菓子七個とジュース七本というのが夫の差し入れの基本でした。

あるとき、東京土産の代表の一つであるひよこ型のクッキーが差し入れられました。夫が看護師さんに手渡す際、これは東京在住の「柿友達」からの見舞いだと伝えてくれと頼んだそうです。わたしは「柿」がヒントになって、その送り主が、秋田第一高校で〝英語部のトライアングル〟の一角を成していた水橋圭一さんだと分かりました。水橋さんはふだんは東京に住んでいますが、秋田にも自宅があって年に何回かそこに返ってきます。秋田は干し柿づくりが主な目的です。やはり干し柿の好きなわたしの夫と競い合うようなかたちで、それぞれの家の軒下に大量の柿を吊るします。わたしも、干す前の皮むきなどを手伝って、その時季の果物は自家製の干し柿と決まっていました。

干し柿づくりを始めたのは結婚三年目の秋からだったと思いますが、実はその年は焼酎で渋を抜くさわし柿にも挑戦していました。ところが、作業を開始して程もなく、心臓がドキンドキンと打って天井が回りだしました。急性アルコール中毒の前兆でした。すばやく状況を察知したらしい夫の指示に従ってその場に仰向けになり、深呼吸を繰り返しながら症状の収まるのを待ちました。五〇年前、初めて赴任した職場の歓迎会で、無理強いされたお酒を口にして意識を失った場面が脳裡に再生され、以後、わが家では渋柿はすべて干し柿にしています。

コロナ対策で松美ヶ丘病院も面会は原則禁止でした。ただし、希望があれば、オンライン形式で一〇分程度は可能という説明を夫は受けていたそうで、入院二週間目ぐらいのときに初めて面会が実現しました。夫とわたしはどちらも病院の建物内にいるのですが、部屋は別々で、テレビ画面越しの面会です。お互いの声はちゃんと聞こえるものの、どちらもそれぞれの画面を見ているため、目が合うということがありません。一〇分ではまとまった話もできませんでした。もっとも、わたしの方には何かをまとめて話すといった能力が失われつつありましたから、それはそれでちょうどよかったのかもしれません。

その一週間後に、夫が今度はいとこ姉弟を連れて来ました。小学校時代は夫と同級生であり、その後も兄弟のように成長したものの、四〇歳になる前に冬の穂高で滑落死した従弟の姉と弟になります。冠婚葬祭の折には必ず顔を合わせていましたし、姉の方は一人暮らしなので、わたしの母が存命中から、大晦日はわが家に来て、わたし達夫婦と一緒に年越しをしてきた間柄でした。二人ともわたしにいろいろ激励の言葉を述べてくれましたが、機械を通じてのせいなのかそれともわたしの心に受け入れの準備が整っていなかったのか、正直、わたしの中に特段の感情は生まれませんでした。

オンライン面会は臨場感には欠けますが、どことでもやりとりできる点はとても便利です。夫の親戚との面会に続いて、わたしの兄の子どもたち、つまり甥っ子と姪っ子二人との面会が三日続いて実現しました。三人で相談してそのように決めたようです。

千葉の自宅近くの法律事務所で働いている甥っ子は、かつて長期の休みがくるごとに夫の甥っ子とともにあちらこちらに連れ歩いて遊ばせた可愛い男の子です。と言っても今はもう四〇代になっていますが。姪っ子のうち上の方は外資系の弁護士事務所で働く弁護士で現在はベルリン勤務です。テレビ画面の状態が国内の場合のそれとまったく変わらないのには驚きました。下の方は千葉市役所勤務で、同じ職場に務める夫との間に一女を儲けています。それぞれ一〇分ずつの短い時間ではありましたが、三人の甥と姪との交流は、わたしにそれなりの懐かしさの感情を呼び起こしてくれました。ただ、甥っ子との面会中にわたしが、お父さんは元気にしてる？　と訊いたら相手が怪訝そうな表情を見せながらほんの少しばかりうなずきました。その夜、わたしは彼らの父つまりわたしの兄はすでに他界しているのを思い出して、その表情の意味を悟りました。兄の死を忘れていたのはこれで何度めになるでしょうか。

三人との面会から数日経ったころ、急におしっこがまったく出なくなりました。病院側ではすぐに、かつて藤崎先生がそこの院長を務めていたJA系列の総合病院の緊急外来にわたしを運びました。普段から何かとわたしの世話をしてくれているやさしい看護師さんが付き添ってくれたのですが、夫にも連絡してあったらしくて、わたしが着くとすでにそこには夫の姿もあって安心しました。急性の尿閉症という診断で、その後数日置きに五回ほどそこの泌尿器科に通いましたが、幸いにも入院などには到らずに病状が改善しました。通院日には必ず夫も顔を見せましたし、そのうちの一日は、以前面会に来てくれた夫の従弟も一緒でした。

ゆっくりではありますが自分の足で歩けるわたしにとって、病棟から出られないのは苦痛でした。それを察してくれたのでしょう、看護師さんが付き添って病棟の外に連れ出してくれたこともあります。外に行くと小さいながら売店があり、小規模の図書室もありました。看護師さんは売店でわたしに買い物を勧め、代金は後日夫がまとめて支払うシステムになっていることなども説明してくれましたが、わたしは無駄使いは控えなくてはと思って菓子パンを買う程度にとどめました。図書室には夫の小説が数冊入っていていてびっくりしました。入院した前後から目の調子がおかしくなっていましたので借り出すのはやめにしました。出版された当時にどれも一応読んでいましたので、今再読しなければならない理由もありませんでした。

目ヤニなども出るようになって、院長先生が心配し、夫の同意も得たうえで眼科の受診ということになりました。松美ヶ丘病院の患者がよく利用するという眼科の開業医の診察結果は白内障でした。一定のレベルに達していて手術が最適との判断が下され、一ヵ月後に手術という日程も決まりました。眼、それも両眼にメスを入れるというのは怖かったのですが、医師も夫もそれが最善と判断したようなので、黙ってそれに従いました。

ただ、手術日の三日前にわたしの居所が病院から施設に変更になりました。松美ヶ丘病院を経営している福祉法人は病院と同時に松風苑という福祉施設を有しており、松美ヶ丘病院と松風苑は三〇〇メートルほどの近さにあるのです。スタッフの一部はどちらにも顔を出しているようでした。わたしは最初に病院に入りましたが、わたしの現在の状況では、病院よりも介護施設の方がより効果的なサービスが受けられると判断されたようです。藤崎先生からその提案を受けた夫は、もちろん、即座に同意したようでした。

そんなわけで、わたしの白内障手術は松風苑からの通院という形で実施されました。最初に左眼、一週間後に右眼という順番で行われました。手術は日帰りでしたが、術前の準備や術後の経過観察などの関係で、昼をはさんで五時間余りを要しました。付き添ってくれたのは、もちろん松風苑の看護師さんで、二回とも夫も眼科に来てくれました。眼科でもしっかりした感染対策をとっていましたが、手術の場合は特別なようで、手術中の一五分間以外はすべて看護師さんと夫が傍にいてくれて淋しくはありませんでした。

松美ヶ丘病院では二人部屋であったのが松風苑では四人部屋になりました。利用者に与えられた居住スペースの外に出ることは相変わらず禁止になっていたものの、自分の足で移動できる範囲は病院よりも広くなりましたので、こちらの方が開放感がありました。

松風苑には、わたしがかつて勤務した秋田城西高校や秋田中部高校を卒業した看護師さんや介護士さんなどが何人かいて親近感を覚えました。わたしはそうしたスタッフから「真弓先生」と呼ばれるようになり、その呼び方はいつの間にか施設内に広がっていって、わたしはまた「先生」になりました。まったく頼りない先生ですが、わたしに昔をしのばせるよすがとなり、わたしの脳に刺激を与えてくれる大事な要素の一つになりました。

松風苑に移って二ヵ月ほどで年が変わりましたが、わたしが自宅以外の場所でお正月を迎えるのは、もしかしたら、生まれて初めてであったかもしれません。お正月は家族とともにゆっくり過ごすというのが、安土家の伝統のようなものでしたし、結婚してからも、正月ということで夫がわたしをどこかに連れ出すということはありませんでした。施設内はお正月用に飾り付けられ、食事も普段は目にすることのないご馳走なども出ました。ただ、餅類は一切控えねばならないので、お餅好きのわたしにはそれが残念でした。

松も取れて一ヵ月ほど経ったころでしょうか、夜中に目覚めたわたしは、照明を落として薄暗くなっている室内で、廊下の向こうの遠くに両親の声を聞きました。二人で交互に、自分たちの方に来るように呼んでいます。わたしはベッドから下り、パジャマのまま声のする方向にゆっくりと歩き出しました。廊下の照明も深夜バージョンになっていますが、途中にあるナースステーションだけは明々と輝いていました。人の姿が見えないところをみると巡回にでも出ているのでしょう。弱いながら父母の声は続いています。最近はどうも足取りが覚束なくなってきているうえに暗いとあってテキパキとは足を運べませんが、両親のところへは行かねばなりません。わたしは、日中は多くの利用者が集い、食事もそこで摂る大広間に入っていきました。こちらはすべての照明が落とされていますが、廊下側からの明かりでぼんやりと内部が浮かんでいます。食事時にいつもわたしが座る辺りまできたところでわたしは何かにつまずき、バランスを失って背中から倒れました。ガタンという大きな音が聞こえ、後頭部に瞬間的な痛みを感じました。つかの間を置いて広間全体が点灯され、看護師さんがわたしの傍にやって来て抱え起こしてくれました。わたしは目が開けられませんでしたが、声で二人だと分かりました。二人のうちの一人は秋田城西の卒業生のようでした。すずやかな声音がわたしの耳の奥に残っていたのです。

二人はわたしを車椅子に乗せましたが、わたしの部屋には戻らず、とりあえず、ナースステーションの真向かいにある一人部屋にわたしを運んでそこのベッドにわたしを横たわらせ、わたしの頭や手足を改めると同時に血圧なども測りました。後ろ頭にコブができているという声が聞こえました。痛いところはないか、苦しくはないかと何度も問われましたが、わたしには何も自覚症状はありませんでした。両親の声はもうどこからも聞こえなくなっていました。

翌日、朝の日課が始まると同時にわたしは松美ヶ丘病院に運ばれ、院長先生の診察を受けた後、頭を中心に幾つかの検査が施されました。検査後は病院内のベッドで休んでいましたが、昼近くなったと思われるころに院長先生の診察室に導かれ、そこで待っていた夫とともに診断結果を聞きました。後頭部にコブができただけで、頭の内部を含め、ほかに異状はない。何か妄想とか幻覚に惑わされた結果と想像されるといった内容でした。わたしは、たしかに父母の声を聞いたのにと思って不満でしたが、その点に関しては黙りました。

昼食は松風苑に戻って普通に摂ったものの、その日以降は、わたしはそれまでの四人部屋からナースセンター真向かいの一人部屋に移されました。転倒した直後に運び込まれた部屋です。観察が行き届くということなのでしょう。それと並行して、わたしは自分の足で歩くよりも車椅子で運ばれることが多くなりました。これまた、転倒防止が目的のようでした。転んで骨折でもしたらそのまま寝たきりになってしまいかねないというのは夫もよく言っていることですので、わたしは多少諦めの気持ちをもって車椅子に乗っていました。

一人部屋は気楽でしたが、刺激が減って退屈でもありました。四人が相部屋だと、わたしの世話をしてくださる看護師さんや介護士さんのほかに、他の三人のお世話や介護に入って来るスタッフの方々も、ついでながら、わたしにも声をかけていってくださる場合が少なくありません。それが、一人部屋だと、わたしに用事のある方以外はほとんど来室することがありませんので、その分、刺激が不足になったということなのです。ただ、わたしの部屋の廊下側の扉は常時開けっ放しにされていますので、上体を起こしてベッドに座っているわたしの位置からはナースステーションの一部が見え、そこでは、白衣姿の先生、赤や青を基調とした制服姿の看護師さんや介護士さん、ベストのよく似合う相談員といった大勢のスタッフの皆さん方が忙しく立ち働いている様子が一部見えて、わたしの気を紛らわせてくれました。

そうした日々のなかで、わたしの身体が突然、誤嚥性肺炎の症状を呈しました。夕食直後に嘔吐し、引き続いてひどく咳込むと同時に高熱に見舞われたのです。すぐに前と同じJA系列の病院に緊急搬送され、そのまま入院となりました。松風苑からは秋田中部卒の人柄も声音もやさしい看護師さんが一緒に救急車に乗り、病院では夫が待っていました。幸い症状は軽く、経過観察を含めて二週間の入院でまた松風苑に戻ることができました。

夫の話によると、この前後、「四つ葉の会」のメンバーから何度か自宅にお見舞いの電話があったそうですが、コロナ禍でもあるので直接施設を訪問するのは遠慮するということであったそうです。松風苑ではオンラインを実施しておらず、面会はすべて対面なのです。

また、秋田女子高の生徒であった時分に親しくしてもらい、今はロサンゼルス在住だというかつての英語部員・佐野智子さんからも連絡をいただいたそうで、こちらは「無二の会」を通じてわたしの現況に接したということのようでした。多くの方々に見守られているらしいことを知って、わたしは自然に元気が出ました。

一人部屋に移った折、夫が、部屋の壁にカレンダーを下げてくれました。その六月五日が二重丸で囲まれています。千葉にいる甥・姪三人とその母親が面会に来てくれる日です。

当日は、施設側の特別な計らいで、高額利用者のための広い個室を使わせてもらえることになり、時間も一時間までOKとの許可が出ました。わたしが、普段使用しているベッドに乗せられたままその部屋に入ると、すでに五人の男女がそこで待ち受けていました。夫、甥、姪二人はすぐにわたしも認識できましたが、わたしと年齢の近い女性が誰なのかわたしには分かりませんでした。話の途中で、甥や姪がその人物を「お母さん」と呼んでいるのを聞いて、わたしはやっとその女性が甥や姪の母親つまりわたしの兄の妻であることを理解しました。兄が亡くなったときもわたしは千葉に行けませんでしたので兄の家族と会うのは数年ぶりです。もう三〇代から四〇代に達した甥・姪たちが盛んにわたしを励ましてくれます。わたしもそれに応えたいという気持ちはあったのですが、それを言葉に結ぶことはほとんどできませんでした。誰もがひどく早口になっているように聞こえ、わたしはそのような早口の場には加われないとも思って自分を抑えました。せっかくの雰囲気を壊したくなかったのです。それでも、昔話などいろいろ出て楽しいひと時でしたのでわたしの顔も多少はほころんでいたかと思います。

施設側は一時間を倍近くまで延長するなど厚遇をしてくれましたが、ついに面会の終わりの時間はやって来て、わたしのベッドは五人の前からまたわたしの一人部屋に戻されました。淋しさと同時にわたしは、最初に兄の妻を認識できなかったショックも引きずっていました。現職の薬剤師でケアマネージャーの資格も有しており、わたしが認知症と判明してからも電話では何度も会話していたのです。

正常な状態にあるときのわたしは、自分の症状が着実に進みつつあることを理解し、いっそう淋しさがつのりました。『山月記』の着想を借りれば、わたしの正常なときの状態とそうでないときの状態は五分五分を過ぎて、もう六対四とか七対三ぐらいまでになっているのかもしれません。わたしが人間らしく生きていられる時間は着実に減少しつつあるのです。

千葉の一家が見舞いに来てくれてからどれぐらいの日数が経過していたでしょうか、わたしは車椅子に乗せられて移動中に、内科医でもある施設長先生のお部屋の前の廊下に飾られた一枚の絵に気づきました。確か、わたしが退職の記念に買ったはずのもので、わが家の居間に、夫の好きな画家の風景画と並べて掛けられていた絵です。それがどうしてここにあるのかわたしには分かりませんでしたが、しばしの間、自宅がとてもなつかしく恋しいものに思われて涙がこぼれました。

今、わたしの鼻には細い管（くだ）が挿入されています。胃まで届いているらしく、毎日、朝と夕方の二回、その管を通して液体状の栄養剤が送られているらしいのです。わたしには、この管を鼻に通されたときの記憶がまったくありません。わたしが正常でない時間帯にその施術がなされたのでしょう。わたしにはもう飲食の楽しみというのはありません。

松風苑に来た当初、わたしは食事時になると同室の他の三人と前になり後になりしながら大広間に赴き、そこで大勢の利用者と一緒に食事をしていました。当初はちゃんと箸も使えていたのですが、次第に覚束なくなってきてスプーンに頼る機会が多くなりました。それでも、不安定な足取りながら大広間まで歩いて行けたのです。でも、夜中に転倒して一人部屋に移されてからは、食事も部屋まで運ばれてくるようになり、食べる間もスタッフの一人が必ず付き添ってくれるようになりました。というのも、そのころ、わたしは食事をするたびにひどく咳き込んだり咽(むせ)んだりするようになっていました。食べ物をうまく呑み込んでやれなくなりつつあったのです。認知症というと物忘れや妄想といった頭の症状が主に問題にされているようですが、身体内部の諸器官にもいろいろ影響が出てくるもののようです。以前、脳全体が縮まってくるのが認知症の特徴の一つと藤崎先生だったか院長先生だったかが話していたような気がしますが、それがわたしの精神も肉体も虚弱なものにしつつあるということなのでしょう。

一人部屋に入ってからは、症状の進行速度が倍加したようにわたしには思われます。いつだったか、まだ松美ヶ丘病院に通院していたころ、藤崎先生が夫に向かって、君の奥さんは普通の人よりどうも病状の進行が速いようだ、と述べていた場面が想い起こされます。「進行が速い」というひと言は、わたしの胸に刺さったまま消えないのです。

夫は週に一回くらいのペースで面会に来ます。もちろん、わたしはまだ夫を認識できています。しかし、それ以外となるとどうも自信がありません。たまに夫が誰かと一緒に来てもその人物がどういう人なのか忘れてしまっているのです。多分、男性の場合は夫の従弟で女性の場合は従姉だろうと漠然と想像できますが、特定までには到りません。相手は何か言葉をかけてくれますが、わたしはその内容がまったくというほど理解できません。正常でないときのわたしの耳には、音は聞こえるものの、それは倍速以上の早口で、意味のある言葉にはなっていないのです。また、わたしの方から言葉を発しようとしても、その言葉が見つかりません。かりに見つかったとしても、それを会話の形として表現するのはまったく不可能です。

そうした、正常でない時間がわたしのなかではどんどん長くなりつつあります。一日二四時間のうち、もう九割方はそうした時間になっているような気もします。しかし、そうした状態を残念とか哀しいとか感じることももうなくなっています。喜怒哀楽の感情がわたしからは消滅しかけているのです。

『山月記』の李徴は最後は虎になってしまいました。わたしには李徴のような邪心はありませんから虎になることはないと思いますが、正常な人間の部分がすべて消えてなくなるという点は同様と言えるような気がします。そうした形でわたしは自分の人生を終えることになるのでしょうか。

　夫が面会に来ると必ずわたしの手を握ります。手を握りながら、握っている人物が誰なのか分かったら握り返しなさいと指示します。わたしが握り返すと夫は、安心したように笑顔を見せます。それが、もう会話ができなくなっているわたしと夫の唯一のこころの交流です。このささやかな交流もいつまでできるのでしょう。手にもほとんど力が入らくなってきたのです。

　わたしはもう自分の誕生日も忘れてしまいましたし、名前すら思い出したり思い出さなかったりです。

　わたしは今何歳なのでしょう。

　わたしがいる所はどこなのでしょう。

　わたしは誰なのでしょう。

　ある日、車椅子に乗せられて面会場所に行くとそこに一人の男性がいました。前からよく面会に来てくれている人のようです。わたしはその男性が誰なのか見当がつきませんでしたが、手を握られているらしいことだけは感じ取ることができました。


〈了〉

あとがき

本書を成すに当たっては、前作でお世話になった高校時代の同級生で秋田緑ヶ丘病院の統括顧問を務める坂本哲也氏に加え、同病院の高橋賢一院長先生および介護老人保健施設三楽園の横山治夫施設長にも多くのご教示とご示唆をいただいた。記して深い感謝の意とする。

また、校正の際には三楽園の秋山まい子さんに大変お世話になった。これまた深謝する。

末尾になってしまったが、刊行に当たって多岐にわたり何かとお世話になった秋田文化出版の菊地信子さんにも心からの謝意を表する。

著者略歴

柴山芳隆（しばやまよしたか）

一九四二年　秋田市生まれ。

一九六六年　東北大学文学部卒業。秋田県内で教員として勤務。勤続一〇年を過ぎた頃から、教壇に立つ傍ら執筆活動に従事。

一九八七年　最初の単行本である中編小説集『しろがねの道』刊行。以後、短編小説集『桜の海』『風光る』、中編連作『水の系列』長編小説『風の紋様』『砂の傾き』『二つの校歌』『続二つの校歌』『白菊の歌』『憶良まからん』『式部むらさき』『芭蕉ほそ道』『信長　是非に及ばず』『水色の本能寺』『緑の衝立』『はるかなる航跡』『青の憧憬』『揺れやまず』『多喜二忌や』『七三一のシリウス』『お二階のひと』、エッセイ集『北の言の葉』等。

お二階のひと Ⅱ

二〇二三年三月一四日　初版発行
定価　一六五〇円（税込）

著者　柴山芳隆

発行　秋田文化出版株式会社
〒〇一〇―〇九四二
秋田市川尻大川町二―八
TEL（〇一八）八六四―三三二二（代）
FAX（〇一八）八六四―三三二三

＊

ISBN978-4-87022-608-1
地方・小出版流通センター扱